# ウエル ホーム!

丸 山 正 樹

幻冬舎文庫

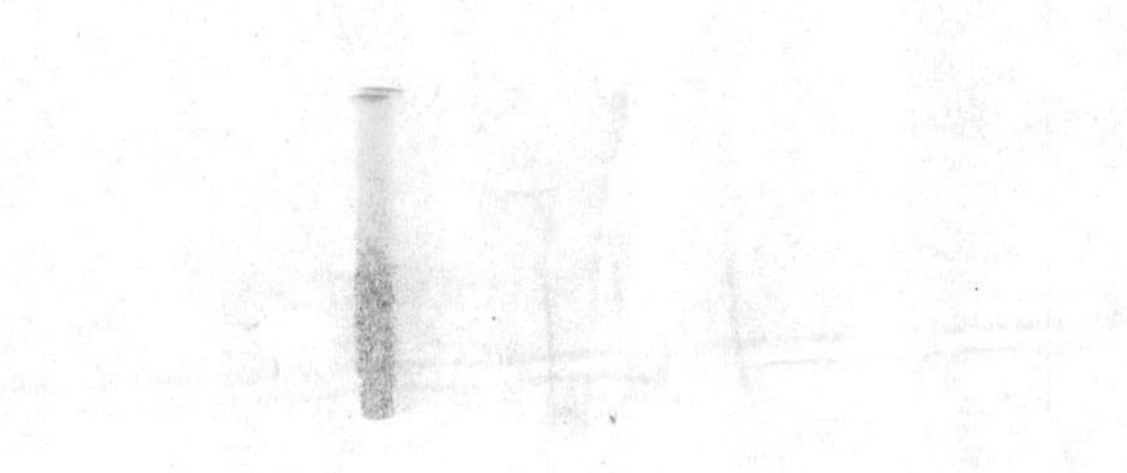

welcome home!

contents

# ウェルカム・ホーム！

DTP　美創

# 第一話　ウェルカム・ホーム

ああ、また始まるのか。

職員用入り口の扉の前に立って、大森康介（おおもりこうすけ）は大きなため息をつく。

今年に入ってから、世間では大きな出来事が続いていた。男性アイドルグループ「嵐」の活動休止発表、世界のイチローの引退、そして新しい元号が「令和」と発表されるなど――。

時代は動き、季節も春を迎えたというのに、康介の心は弾まない。出勤するためこの扉を開けようとするたび、いつも気持ちが沈んでしまう。

勤めるようになってすぐに、なぜどの扉もこんなに重くて堅いんですかと先輩職員に尋ねたことがある。先輩はあっさり答えた。

「離設（りせつ）予防だよ」

なるほど、そういうことか。

離設。すなわち、脱走。

ここでは、扉もエレベータも、利用するにはテンキーで暗証番号を入力しなければならない仕組みになっている。それが、中の人間が勝手に出ていかないようにするためのものだとは分かっていた。

だが、扉までこんなに重くしなければならないとは。

要するに、ここはそういうところなのだ。

「おはようございまーす」

夜警のおじさんは「あ、ああ、おはよう」と慌てたように応えてくる。口元によだれが垂れているのは見て見ぬ振りをして事務室に入った。

タイムカードを押す時に、レコーダのすぐ上に貼られた園のモットーが否応なしに目に飛び込んでくる。

〈自分らしさを生かした生活を支援します。利用者様の幸せが私たちの喜び〉

福祉を生涯の仕事と決めて五十余年、有沢雄一郎(ありさわゆういちろう)施設長自らがしたためたものだという。

康介が勤める特別養護老人ホーム「まほろば園」は、百人以上の入居者を抱える大規模施設で、介護保険制度の実施前からホームを運営している社会福祉法人が母体だった。

最近の特養は、個室を基本に入居者を少人数のグループに分けて家庭的なサービスを提供する〈ユニットケア〉を謳う施設が主流だが、大部屋——正確には多床室という——を中心としたいわゆる〈従来型〉の施設もまだあり、「まほろば園」はその一つだ。

それでも昨年全面改装を行い、スタッフを一気に増員したらしい。資格を取ったばかりで実務経験ゼロの康介が採用されたのもそのおかげだろう。

改装されたばかりでピカピカの廊下を通って更衣室へ。人目につかないところには金をかけなかったらしく、狭いスペースで身を縮こませながら着替える。

フリーサイズしかないポロシャツは、身長百七十四センチ・体重七十五キロの康介には少し小さいが、支給されているだけでも有り難いと思わなければいけない。バックプリントされた「smile for you」とは一体誰に向けた言葉かと毎回疑問に思いながらも、ユニフォームに着替えたところでようやく体は戦闘態勢に入った。

「おはよう！　康介くん三〇二お願いね！」

階段を上がってフロアに出た途端、先輩職員の浦島鈴子さんの声が飛んできた。

「はい！」

康介は小走りで三〇二号室に向かった。早番の場合は、いきなり「起床介助」から一日が始まるのだ。

「皆さん、おはようございます！」

返事がいいのと声が大きいことだけ、と言われる取り柄を大いに生かして挨拶をするが、返ってくる声はほとんどない。

「今日もよろしくお願いしまーす。ベッド上げますよ〜、いいですかぁ」

三〇二号室の入居者を順番に起こして回った。まだ半分寝ているような彼らの洗顔を手伝い、続いて食堂へ誘導する。その後も配膳、朝食介助、服薬介助、歯磨き、と休む間はない。

食事の片づけを終えると、ようやく座ることができた。朝礼ミーティングで夜勤の職員からの申し送りを受ける。

「三〇一の加藤さん、四十分ほどかかって食べてますが、むせが三回、痰も多いようです」

「三〇三の佐野さん、嚥下の力が落ちてきたので食べる時、体を四十五度起こすようにしてください」

康介が働く「三階」は、認知症などの重症の入居者がほとんどだった。

認知症については康介も資格をとる過程で一通り学び、実務研修もしたのだが、実際のところはやはり勤めてみなければ分からない。

たとえば、三〇二号室の神崎登志子さん・八十一歳との会話はこんな具合。

「登志子さん、トイレ行きましょう」

「あんたが行けばいい」

「さ、食べましょうね」

「あんたが食べればいい」

当惑を超えて、脱力。ひたすら脱力。

かと思えば、三〇五号室の金井惣之助さん・七十八歳が、廊下にうつ伏せになり、這うようにして前に進んでいるのに出くわしたことがあった。当然康介は「何やってんすか惣之助さん」と起こそうとしたのだが、通りかかった先輩職員から「放っておけ」と言われて驚いた。

「下手に歩かれて転ばれるよりいいから」

そういうものかと感心する一方で、本当にそれでいいのか、とも思う。

はたまた同じく三〇五号室の當間英輔さん・六十八歳は、認知症ではなく、脳梗塞の後遺症で右半身と口に麻痺が残っていた。手間はさほどかからないのだが、麻痺のせいで何を言っているかがよく聞き取れない。適当に返事をしていてもさして問題はなかったが、食事の後などにたまに口にする「アアイオウエ」という暗号のような言葉が気になったりする。

他にも、認知症に加えて弱視である江藤ユキさん・八十五歳からは二十分に一回はトイレ誘導のコールで呼ばれ、頸椎損傷で下半身麻痺の井村克夫さん・六十五歳からはトランスファー（車椅子への移乗）の度に「お前じゃダメだ、他の職員と代われ」と怒鳴られる。

そんな手のかかる入居者ばかりを二十五人、日勤でも三人の職員で見なければいけないのだから毎日が戦場のようだった。

ミーティングを終えたら、息をつく間もないまま「おはようケア」が待っている。

「おはようケア」とはずいぶん聞こえの良いネーミングをしたものだと感心するが、要はオムツ交換の時間だ。

「まほろば園」では、一日に五回、オムツ交換の時間がある。施設紹介のパンフレットの「オムツ交換」の項には「その他随時」とあるが、基本は定時だ。

一日五回というのが入居者にとって多いのか少ないのかは分からない。しかし、少なくとも康介にとっては「多すぎる」ほどだ。トイレに行ける人を誘導している際に「失敗」してしまった場合の交換も含めたら、一日中オムツ交換をしている感覚に陥ることさえあった。

「慣れないのは、臭いなんすよ」

その日の帰り、康介は、同じ早番だった鈴子先輩と、五時からやっている駅前の居酒屋に寄っていた。

鈴子先輩は、康介の指導係だ。年こそ二十七歳の康介より三つ上なだけだが、「まほろば園」に勤めて十年近くになるベテランで、利用者さんからも「すずちゃん」「すずこさん」と名前で呼ばれている数少ない職員だった。

本当は、鈴子と書いて「れいこ」と読む。

「浦島れいこといいます。鈴の子って書くから、みんなにはすずこって呼ばれてる。まあ鈴っていうより釣り鐘だけど」

初めて会った時、鈴子先輩は自分でそう言って、からからと笑った。

「なに、二か月もいて利用者さんの便臭にまだ慣れないの？」

店に入って二十分も経たないというのに早くも生ジョッキ二杯を空けた鈴子先輩は、とろんとしてきた目で訊いてくる。

「いや、それにはもう慣れました。気になるのは、自分の臭いなんです」

「自分の？　自分の体からうんこの臭いがするわけ？」

「ちょっと、声でかい」

慌てて周囲を見回したが、幸い店内はまだガラガラで誰も聞いている者はいなかった。

それにしても若い女性が「うんこ」って。やっぱりこういう仕事をしているとデリカシーなくなるよな、と康介は幻滅を隠せない。

そんな反応が面白かったのか、さらに鈴子先輩は康介の体に顔を寄せ、くんくんと嗅ぐ真似をする。

「やめてくださいって」

「大丈夫、何も臭わないって」

「それは先輩が慣れちゃってるからですよ。最初に注文を取りに来た女の子が顔をしかめたの分かりませんでした？」

「そんなことないわよ、考えすぎ」鈴子先輩は笑って手を左右に振る。「ちゃんと、手洗い消毒はしてるんでしょ？」

「もちろん、処置が終わる度に石鹸でごしごし洗ってますよ。どんなに疲れてても家に帰ってからシャワー浴びてますし……それでも、消えないんすよ、この臭いが」

「ああ」鈴子先輩はようやく合点がいったように肯いた。

「もしかして、自分の臭いが気になって、友達にも会えなくなっちゃったりしてる？」

「そうなんすよ！」康介は顔を前に突き出した。「もしかして、先輩もそういう経験ありました？」

「鼻の奥に臭いのもとがこびりついているんじゃないかと思って鼻に指を入れて洗ったり、痛いのを我慢して『鼻うがい』なんかもしたりして？」

「しました、しました！　でも消えないですよね？　ねえ、これ、何なんすか？　どうすれば消えるんですか？」

「それねえ」

鈴子先輩は、何でもないように答えた。

「『気のせい』よ」

「はあ!?」思わず大きな声が出てしまう。

「いやいや気のせいじゃなくて、ほんとに」

しかし鈴子先輩は動ぜず、ゆっくりと首を振った。

「それがね、ただの気のせいなの。そういう感じがするだけ。実際は臭いなんてしてないの。私もそうだったから。みんな経験することよ。まあ三か月もすればなくなるかな。ある日突然ね。そういうもんだから」

そこに先輩が頼んだ生のお代りと大好物のとんぺい焼きが運ばれて来たため、彼女はそれらに夢中になってもう康介の話など聞く耳をもたないようだった。気のせい？　康介は、一人心の中で叫ぶ。この臭いが？　マジ？　到底信じられないが、しかしもしそれが事実なら、自分は頭がおかしくなっているんじゃないか、と思う。いやこれ以上この仕事をしていたら、絶対に本当におかしくなる。辞める。康介はそう誓った。今度こそほんとーに、辞めてやる。かろうじて更新が続いていた派遣の契約を切られ、仕方なく資格をとって今の仕事に就いてからおよそ二か月。その間、毎日、いや一日に何度もそう思っている。一定の金が貯(た)まったら、こんなところ辞めて先輩からＬＩＮＥスタンプをつくる仕事を紹介してもらうのだ。

　専門学校時代の先輩が独立してアプリの開発をやっていて、「お前にも仕事を回してやってもいい」と言われていた。とはいえ、最初はあまり稼げないし、先輩の会社にも投資しないといけないらしいので、ある程度の初期費用が必要になる。その金が貯まるまで、今は我慢して働くしかない。

「とりあえず」だ、「もうしばらく」だ。康介は毎朝そう自分に言い聞かせて、重い体を引きずり仕事場に向かっているのだった。

そろそろ混み始めた下り電車の中でつり革に摑まりながら、康介は時計に目をやった。八時十分過ぎ。

まっすぐ帰れ。理性はそう言っていた。明日の朝も早い。少しでも多く寝るんだ。

しかし酔った頭にはよからぬ考えが浮かび始めている。いや実を言えばその考えは朝アパートを出た時からあったのだ。

今日の飲みが割り勘だったら大人しくそのまま帰るつもりでいた。しかし鈴子先輩は奢ってくれた。そのため、手つかずの万札が二枚、そのまま財布の中に残っている。

給料日まであと一週間。行ける。ぎりぎり何とか行けてしまう。

それは貯金に回す金だろう。再び理性がそう言う。お前の目標は何だった。目先の欲望に負けていいのか。

いい、負けていい。あっさりそう結論が出て、康介は途中下車をした。

「あー、また来てくれたんだー。ありがとー」

狭い個室のドアを開けて入ってきたこのみちゃんは、眩しいほどの笑みを浮かべて抱きついてくる。

ああ、なんて可愛い――。

日中、利用者さんが非常ベルを鳴らしてしまい大騒ぎになったことも、男性入居者さんを着替えさせている最中に首にシャツが引っかかってしまい、「殺す気か！」と凄まれたことも、すべての憂さが一遍に吹き飛ぶ。

やっぱりここは心のオアシスだ。康介は心底思った。

初めて訪れたのは、ひと月ほど前、遅番勤務の後で疲れているのに一向に眠れず、一人部屋で飲んでいてどうしようもなく寂しくなった時だった。

酒の勢いを借り、最寄りの歓楽街まで足を運んだ。帰り道にはむなしさと後悔でいっぱいになることは分かっていた。これまで何度もそういう経験をしてきたのだ。

それでもいい、むしろとことんみじめな思いに打ちのめされた方が二度とこういう場所に足を踏み入れなくて済む。そう思ってわざと場末感漂う雑居ビルの二階――いまどき風俗もデリバリーが主流なのにいまだ店舗に固執しているこの店――ファッションヘルス「いたずら子猫ちゃん」のドアを開けたのだった。

しかし。

「お客さん、ラッキーですよ。たまたまキャンセルが出たんですけど、うちのナンバーワンの子ですから」

いかにもチャラい男性店員の言葉に、嘘はなかった。

「はじめましてー。『あなたのお好み』のこのみです！」

限りなく布地面積を小さくしたミニスカワンピに身を包んだ写真の数倍も可愛い女の子が、輝くばかりの笑顔で現れたのだった。

「お仕事のお帰りですか？　お疲れさまでーす。短い時間ですけど良かったら癒されちゃってくださいね～」

そう言ってこのみちゃんは、康介のことをギュッとハグした。

そのマシュマロのように柔らかな体、そして全身から漂うフローラルな香り――意味は分かっていなかったが、康介はそれを「いい匂い」の代名詞として使っていた――に包まれた瞬間、康介は恋に落ちた。

せいぜい月に二回会うのがやっとの、四十分指名料込み一万四千円の恋に。

ただの欲望のはけ口だろう、などと言うなかれ。別れた瞬間、次はいつ会えるのだろうとせつなくなる。もうすぐ会えると思うとドキドキする。話していれば楽しくてあっという間に時間が過ぎる。これを恋と言わずして何と言おう。

「あー、もうこんなに元気になってるー。脱がしちゃおー」

会っていきなりこういう展開になるのが普通の恋とちょっと違ってはいたが。

ことが終わっても余韻にひたりながら狭いベッドの上でいちゃいちゃしている時、康介は思い切って訊いてみた。

「ね、俺、臭くない？」

「ん？　何が？」

このみちゃんは怪訝な顔で訊き返してきた。

気を遣って気づかない振りをしているようには見えなかった。

鈴子先輩の言うことは信じられなかったが、このみちゃんの言うことは信じられた。

そうか、俺、臭くないのか。ほんとに気のせいなのか。

「なーに、どうしちゃったの、にやにやしちゃってー」

「何でもなーい」

そう言ってこのみちゃんに抱きつく。

「あ、なんか当たってる。チョー元気。もう一回する？」

しかし、「もう一回する」ことは叶わなかった。三十分の延長料金を払ってしまったら、文字通り一文無しになってしまう。

「ありがとう、また来てねー」

ぶんぶんと手を振るこのみちゃんに手を振り返し、駅へと向かう。財布の中身をもう一度確認した。残りの六千円。これで何とか一週間生きていかなければならない。

　こうして金は貯まらず、いつまで経っても今の仕事を辞めることはできないのだった。


　翌日は、朝からトラブル続きだった。

　日勤の康介が出勤した時から、三〇四号室の入居者さんがティッシュを大量に飲み込んだということで提携する病院に搬送する騒ぎになっていた。

　その後も小さな面倒ごとがいくつか起こった挙げ句、極め付きは夕食前のエレベータの故障だった。

　人の昇り降りにさして支障はなかったが、あおりをくったのはその日の配膳係の康介たちだ。

　配膳車が使えず、康介たちは両手に抱えられるだけの食事を抱え、一階の厨房と三階のホールを階段で何往復もしなければならなかった。

　手すきの職員に手伝ってもらっても普段より三十分以上遅れ、ようやくすべての配膳を終えた時には膝がかくかくと笑っていた。

　しかしそんな事情などお腹を空かせた入居者さんたちが理解してくれるわけもなく、あちこちから不平不満の声が飛んでくる。慣れたはずの井村さんからの嫌味たっぷりの言葉も、疲れた身にトゲのように刺さった。

遅番の職員との交代後に日誌を書きながら、何が「最新の給食システム」だ、と康介は胸の内で悪態をついていた。せめてご飯ぐらいは各フロアで炊けば、こういう事態は避けられるのに。

「まほろば園」では、食事はすべて外部の給食業者に委託している。

〈すべての工程で温度管理を行い、徹底した衛生管理で食中毒などの危険を回避し、安全で温かいものは温かく、冷たいものは冷たいままで提供するシステム〉

なのだと、面接の時に有沢施設長が誇らし気に語っていた。「オリジナル完全調理済み冷凍食品」――簡単に言ってしまえば冷凍ものを温め直したその食事を、康介は勤め始めの一週間、入居者と一緒に食べた。

「どう？」

最初の食事の後、生活指導員――入退所の手続きや生活において入居者や家族の相談に乗る担当者――の谷岡智子（たにおかさとこ）さんから感想を訊かれ、康介は「うーん」と首をひねった。

まずくはないがおいしくもない。それが、正直なところだった。

「結構悪くないでしょ？」

ほほ笑みながらもメガネの奥の眼は笑っていない。そんな谷岡さんから再度尋ねられ、康介は仕方なく「はあ、まあ」と肯いた。

確かに、味は決して悪くない。それでも、お世辞にも「おいしい」と言えないのはなぜだろう。

何度か食べるうちに、康介はその原因に思い当たった。

食感だ。

全部が全部、固くもないが軟らかくもない。何と言っていいか、人工的な——そう、まるでゴムを食べているみたいな感じなのだ。

しばらくして、献立に季節感が全くないことにも気づいた。

冷凍ものなのだから当たり前だし、康介とて日々の食事で季節物など意識して摂っているわけではなかったが、真夏にマツタケのお吸い物などを出されても喜ぶ人はいないのじゃないかと思う。

しかしそんな意見を日誌に書いたとて、何かが変わるわけではない。谷岡さんに呼び出され、「うちのシステムに不満でもあるの？」とあの冷たい眼で問いかけられるだけだろう。

康介は通り一遍の反省事項を記入すると、さっさと帰り支度をし、フロアに出た。

その時、「康介くん！」後ろから鈴子先輩の大きな声が掛かった。

何事かと足を止めると、先輩は抱きつかんばかりに駆け寄ってきて、言った。

「登志子さんが、夕飯全部きれいに食べた！」

「え、マジっすか？」

「マジ、マジ。びっくりでしょう？　こんなこと、何か月振りよ！」

鈴子先輩がこれほどまでに喜ぶのにはわけがあった。

認知症が少しずつ進んでいる登志子さんは、ここのところ、出された食事にほとんど手をつけない、ということが続いていた。介助して食べさせようとしても、口を真一文字に結んで、開かないことさえあった。

いわゆる「拒食」と呼ばれる行動で、体調が悪くて食欲がないとか、嚥下障害があって食べられないなど、原因がはっきりしていればまだ対処のしようがある。だが登志子さんの場合、そのどれにも当てはまらなかった。

こうなると、「食べ物を認識できていない」「口の開き方が分からなくなっている」可能性が考えられる。認知症が重症化しているのだとしたら、大きな問題だ。

「このままの状態が続いたら、ドクターに相談して『胃ろう』にすることも考えなければいけないですね」

ミーティングに参加した看護師の松尾さんがそう呟いたのは、一週間前のことだった。

「胃ろう」とは、お腹に穴を開け、管を通して直接流動食や水を入れることで、口から食べられなくなった時に行う人工栄養補給法の代表的なものだった。

「そうね、一度ご家族にもお話ししてみましょうか」

谷岡さんも同意した。

登志子さんの家族は遠方に住む五十代後半の娘さん一人きりで、面会も数か月に一度来ればいい方だった。「胃ろう」の許可を問えば拒否することはまずないだろう。

確かに鼻から管を入れて栄養を送る方法に比べれば不快感が少ないし、長期間の管理もしやすい。しかしその一方で、「口から食べる」という、人の生きる喜びの最たるものを奪うことにもなり、当人のＱＯＬ（生活の質）より介護する側の利便性を優先するものでは、と批判的な声もあった。

「『胃ろう』には絶対にしない」

ミーティングが終わってから、誰にともなくそう宣言したのは、鈴子先輩だった。

それから鈴子先輩は、登志子さんが少しでも食べてくれないかと、傍目にも懸命な努力を始めた。一回の食事の量を減らしておやつを増やしたり、食事介助の仕方を変えたり、登志子さんが以前好物にしていたものを自腹で買ってきたり……。

しかし、そのどれも効果がなく、最近はほとんど栄養補助食品に頼るようになっていた。それでなくとも小柄で痩せ気味だった登志子さんは、今や骨と皮ばかりになっている。

その登志子さんが「食事を全部食べた」のであれば、鈴子先輩がはしゃぐのも無理はなかった。

「良かったですね」

「うん、ほんと良かった！　あ、引き留めてごめんね。お疲れさまでしたぁ」

鈴、ならぬゴム毬のように弾んで去って行く後ろ姿が、康介の目にはいつになく可愛らしく映った。

だが、そううまくことは運ばなかった。

翌日、登志子さんは朝食に全く手をつけなかったのだ。

「でも昼は食べるかも。あ、夜だけ食べるようになったのかもしれない」

鈴子先輩の期待もむなしく、登志子さんは結局その日、一食も口をつけることなく、再び補助食品のお世話になることになった。

翌朝のミーティングの後、谷岡さんと鈴子先輩だけが残って深刻な表情で向かい合っているのを康介は目撃した。

登志子さんについて話し合っているのだろう。いよいよ「胃ろう」について家族に話す時がきたのかもしれない。

「何であの時に限って全部食べたのかな……。康介くん、何か変わったことした？」

その日の午後、おやつを配り終えて一息ついている時、鈴子先輩が真剣な表情で尋ねてきた。

「いや特に変わったことは……あの日は、配膳が遅れて皆さんからは文句を言われたぐらいで……」

「そうよね……」

それでも鈴子先輩は諦めきれない様子で、「でもあの日、登志子さんがご飯を食べたのには何か理由があるはずなのよ」と言った。

「献立でも体調でもないとすれば何なのか……。ね、何でもいいから思いついたら教えて。お願い」

鈴子先輩から頼られたのは初めてのことだった。

康介とて、登志子さんを「胃ろう」にしたくはない。しかし、どうあの日のことを思い出してみても、あの時に限って登志子さんが食事に手をつけた理由になるようなことは何一つ思いつかないのだった。

給料日直後の早番明け。

康介は振り込まれたばかりの口座から二万円を下ろし、帰りの電車を途中で降りた。

今までより行くペースが速いのは分かっていた。今日はこのみちゃんにただ会いに行くだけではなく、ある決意を秘めて店に向かっているのだ。給料が振り込まれたばかりで気が大きくなっている今しかできないことだった。

「あのさぁ」

いつものいちゃつきタイムに、康介は思い切ってそれを口にした。

「今度、ご飯でも食べに行かない？」

「ご飯ー？」

「うん、仕事が休みの時とか。代官山(だいかんやま)にいいお店があるんだけど」

康介は、数日前にコンビニで立ち読みした雑誌で紹介されていたカジュアル・フレンチの店の名を挙げた。手軽な料金で高級店並みのコース料理を味わえ、最近若い女の子に人気の店、と紹介されていたのだ。

手軽といっても康介には大金だったが、毎日の食費を切り詰めれば何とかなる。すでに場所も確認済みで、来週の火曜の夜に仮の予約さえ入れていた。火曜はこのみちゃんのオフ日であり、康介も日勤のシフトだった。

「うーん……」

このみちゃんは少し迷う仕草をしたものの、「ごめんなさい」と頭を下げた。

ああ、やっぱりダメか。

予想はしていたものの、落胆は大きかった。もしかしたら、という期待もほんの少しだけ抱いていたのだ。

「大森さんがどうこうっていうんじゃなくてね」

このみちゃんは申し訳なさそうに言った。最近は「お客さん」じゃなくて名前を呼んでくれるようになっていて、康介はひそかに嬉しく思っていた。

「私、高級レストランのコース料理とか、堅苦しいところ苦手なの。会席料理とかも。一つずつちまちま出てくるでしょ。ああいうの、まどろっこしくて」

「……このみちゃんらしいね」

そう言って笑みを浮かべるのが精いっぱいだった。

だったらその辺のラーメン屋に誘えばＯＫしてくれたのか。自分とて、性に合うのはラーメン屋や焼き鳥屋、せいぜいチェーンの居酒屋だ。高級レストランのコース料理なんて俺だって――。

ん？

何かが引っかかった。

最近、誰かに似たようなことを言われなかったか。ものすごい嫌味な口調で。

「まるで高級レストランのコース料理だな」

そうだ、あれは――。

翌日のホール。夕食の配膳をする係とは別に、康介が登志子さんの席の脇に立っていた。

他の入居者にはすでに配膳済みだったが、登志子さんの前にはまだ何も置かれていない。

康介は、その日の献立のうちの一品、チンゲン菜のおひたしを、登志子さんの前に恭しく差し出した。

「本日のオードブルでございます。どうぞ」

康介の背後で、鈴子先輩が祈るような視線を向けているのを感じる。

――まるで高級レストランのコース料理だな。

それは、登志子さんが完食をしたあの日、配膳が遅れておかずを時間差で出さざるを得なかったことを詫びる康介に対し、井村さんが皮肉たっぷりに言った台詞だった。

もしかしたら。康介は、そう思ったのだ。

鈍い動作で康介の方を見た登志子さんは、やがてその視線を落とし、目の前のチンゲン菜へと向けた。その脇には、いつものお箸とは別に、フォークとスプーンが置かれている。

登志子さんの手がおもむろに動いた。

フォークを手にすると、チンゲン菜を器用に載せ、そろそろと口に運んだ。

「！」

背後で、鈴子先輩が声にならない声をあげたのが分かった。

康介は思わず手を握りしめた。他の職員も介助の手を止め、その光景を見守っている。

登志子さんはゆっくりとチンゲン菜を噛みしめている。

急かすことなく、康介は登志子さんが食べ終わるのを待った。

そして登志子さんがチンゲン菜を食べ終えたところで、次の一品を差し出した。

「本日のスープでございます」

登志子さんは迷わずスプーンを手に取り、キャベツの味噌汁のお椀へと近づけていった。

よし、もう大丈夫だ！

康介は後ろを向いてOKサインを出す。

鈴子先輩は何度も肯いた。

それから、

「メインの魚料理でございます」とイカの煮つけ。

「メインの肉料理でございます」と鶏肉のねぎみそ焼き。

差し出す料理を、登志子さんは次々にたいらげていった。

一品一品優雅に味わうその姿は、まるで高級レストランのコース料理を食べているかのようだった。

「きっと登志子さん、昔、フルコースの料理をどこかで食べたことがあったのね」

登志子さんが最後のデザートのぶどうゼリーを慈しむように口に運んでいるのを見ながら、鈴子先輩が呟いた。

「その時のおいしさ、ぜいたくさが忘れられないんでしょうね……」

「亡くなった旦那さんと一緒に行ったんですかね……」

康介も、登志子さんの思い出に寄り添ってみる。

「どんなに年を取って、呆けたとしても、そういう思い出は残ってるもんなんですね」

「そうね……」

しみじみとした口調で言ってから、鈴子先輩は康介の背中をバン！　と叩いた。

「それにしても康介くん、今回はお手柄よ。よく思いついた！」

「いやあ、まあ」

初めて鈴子先輩に褒められた嬉しさと背中の痛みで、複雑な表情を向ける康介に、先輩が笑いながら訊く。

「ところで何がキッカケで思いついたの？」

「あ、いや、それは……」

しどろもどろになっている時、後片づけをしている職員に向かって當間さんが何か言っているのが見えた。

「アアイオウエ、アアイオウエ」

またいつもの暗号だ、と康介は苦笑する。

言われた職員もやはり何を言っているか分からないらしく、曖昧な表情でただ肯いている。

「アアイオウエ」ねえ。一体何のことやら……。

そう思いながら、康介は當間さんが指さしている方に目を向けた。

登志子さんが、ぶどうゼリーの最後の一口を口に入れたところだった。

ぶどうゼリー……アアイオウエ……。

「そうか！」

突然、閃（ひらめ）いた。

「アアイオウエ」は「アマイのクレ」――「甘いの、くれ」だ。

自分もデザートがほしい、と言っているのだ！

見れば、當間さんはいつの間にか糖尿病食と間違われて、デザートをはずされていた。高齢の男性がまさか甘い物好きだとは思わずに、今まで誰も気づかなかったのだ。

「分かったよ。當間さん、今デザート持ってくるからね！」

エレベータへと向かいながら、康介は思う。

自分は今まで何を見てきたんだろう。

康介がいつまで経っても入居者から名前を覚えてもらえないように、康介の方も彼らのことを「入居者」「認知症」「高齢者」という括（くく）りでしか見ていなかった。

ホームでの食事に忘れがたい思い出を重ねていた登志子さん。

誰にも気づいてもらえないささやかな望みを訴え続けていた當間さん。

当たり前のことだけれど、このホームに入居している人たちには皆、それぞれの人生があり、人格があり、心の中ではいろいろなことを考えているのだ。

これまで、そんなこと考えもしなかった――。

エレベータのボタンを押そうとした康介に、鈴子先輩の声が飛んだ。

「階段の方が早い！」

「はい！」

首をすくめ、康介は階段へと向かった。

鈴子先輩の叱責（しっせき）も今日はなぜか心地良い。

この仕事、結構悪くないのかもな。

康介は、そう思い始めている自分を感じた。

# 第二話　真夜中の行進曲

……コール音が鳴っている。

康介、コール！　康介くん、コールが鳴ってるわよ！　はい分かりました、今すぐ行きます！　しかし手元にあるはずのＰＨＳ端末がない。え、どこ？　何号室から？　探している間にもコールは鳴り続ける。はい今！　今すぐ行きますから！　探っていた手にようやく端末が当たり、とりあえずボタンを押す。コールは止まった。すぐ行きます！

目が覚めると、康介は私物のスマホを握っていた。辺りは薄暗い。

……職場じゃない。ここは自分の部屋だ。

六畳一間のワンルーム。厚手のカーテンの隙間から僅かに朝の光が射し込み、部屋の隅に積み上げられた古雑誌や、昨夜食べたカップ麺の空容器が覗くゴミ箱などを浮かび上がらせていた。

スマホのアラームが鳴ったのかと思ったが、表示されている時刻を見ると七時過ぎ。鳴るにはまだ二十分はあるはずだった。

その時、再びスマホがけたたましい音を立てる。

電話の着信音だ。ディスプレイには「母」の文字が浮かんでいた。

「何だよこんな朝っぱらから……」

康介は思わず声に出してから、通話ボタンを押した。

「あ、康介？　さっき荷物送ったから。明日の午前中指定にしたけどあんたいるかね？」

甲高い母の声が耳に飛び込んでくる。

「明日は早番だからいないよ。何でこんな朝っぱらから電話かけてくんだよ」

康介の声は不機嫌そのものだ。

「だってあんたこの時間しか家にいないだろに」

「ったく、あと二十分寝られたのに……どうせいつもの米と野菜だろ、そんなのこっちで買えるんだから送らなくていいよ、再配達の手配すんの面倒なんだからな！　切るよ！」

「あ、康介――」

母はまだ何か言いたそうだったが、邪険に電話を切って再び時計を見る。

「あと十八分……」

再び布団をかぶって身を縮めるが、母に対してむかっ腹を立てたおかげで頭は冴(さ)えてしまった。もはや眠気はやってこない。

仕方なく起き上がり、朝の支度を始めた。

顔を洗い歯を磨き、トイレに入りながらも、「はあ」と何度もため息が出てしまう。

「仕事、行きたくないな……」

長野県の県立高校を卒業した後、上京してデザインの専門学校に進んだ康介だったが、景気はひたすら悪くなる一方で、希望したデザイン関係の職に就くことは叶わなかった。それどころか正社員の道すらなく、仕方なく派遣会社に登録して事務系を中心に数年の間しがみついてきたのだったが。

何度目かの派遣切りにあった一年ほど前。

「何か資格でもとらないと、今時仕事なんかないですよ」

親切なのか馬鹿にしているのか分からないハローワークの職員の勧めもあって、介護職員初任者研修を受けて資格をとり、葛飾(かつしか)区にある特別養護老人ホーム「まほろば園」の職員に採用されて三か月が過ぎたところだった。

特別養護老人ホーム、略して特養とは、介護の必要性が高い人に食事や排泄(はいせつ)、入浴などの介助を提供する施設のことで、利用料も比較的安いことから「終(つい)の棲家(すみか)」と考えるお年寄りも多い。だが康介にとっては、「とりあえずの職場」でしかなかった。

しかし、いったん仕事が始まってしまえばそんなことなど考える暇もない。

仕事には少しずつ慣れてきており、慣れてくれれば、聞き分けの良い利用者さんが多いことにも気づく。一方で、手のかかる、やっかいな入居者もいた。

三〇三号室の野沢和子(のざわかずこ)さん・八十四歳もその一人だ。

かつてはアパレル店の店長だったらしく、今でも現役のつもり。職員たちをみな部下だと思っていて、康介がちょっとしたミスや自分の気に入らないことをすると、「今月のお給料から引いておきます」「このままじゃクビですよ」と手厳しい。

はたまた三〇五号室の小出文吾(こいでぶんご)さん・七十九歳は妄想癖があり、私物が見当たらないと必ず職員に「お前が盗(と)ったな!」とかみついてくる。幸い、まだ康介はその被害には遭っていなかったが。

「そう言えば、あの『臭い』を最近感じないんですよ」

一杯目の生ビールで早くもほろ酔いになりながら康介は言った。

「臭い?」

お通しの枝豆を口に運びつつ鈴子先輩が応える。

隣の市原（いちはら）さんは「生、お代りね！」と早くも二杯目を注文している。

仕事が終わってから、康介の指導係である鈴子先輩や、一番年が近い男性職員の市原さんと居酒屋で飲んでは愚痴をこぼすのが日課になっていた。

「臭い」とは、入居者の便臭のこと。オムツ交換の度にもちろん石鹸で念入りに手を洗うのだが、時間が経っても、家に帰ってシャワーを浴びてからさえも、その臭いが自分にまつわりついて消えない。

「くさい」と言われるのが怖くて、最近は友人たちにも会っていない——と、つい先月鈴子先輩に相談した時には、「『気のせい』よ」とあっさり言われたのだ。

「みんな経験することよ。まあ三か月もすればなくなるかな」と。

そして、三か月が経った今、本当にあの臭いがしなくなったのだった。

鈴子先輩の言う通り、本当に「気のせい」だったのか？　いやそれだけでなく、オムツ交換の時など鼻がひん曲がりそうだった実際の利用者のそれにも鈍感になっている自分を感じていた。

「これって、いいことなんすかね……？」

「そりゃいいことだろ、作業効率が上がるからな」

市原さんはこともなげに答えるが、康介は、どこかで人間として大事なものを失っているような気もするのだ。

「でもその代わり」と、康介は気になっていることを相談した。「最近は家でテレビを観(み)ていても『コール音』が聞こえるんですよ。幻聴なんですかね？　これってやばくないですか」

「そんなのまだ序の口よ」鈴子先輩が枝豆の皮を吐き出しながら言う。「本当にコール地獄を味わうのはこれから」

「ああそうか」市原さんがにやりと笑った。「康介、いよいよ明日だな、夜勤」

「あー、言わないでくださいよ、忘れようとしてるんだからぁ」

そう、三か月が経ったということは、試用期間が過ぎたということだ。いよいよ本格的な勤務が割り当てられるのだ。

恐れていた「夜勤」も――。

「まほろば園」では、職員は四種類のシフトで勤務している。早番（七時～十六時）、日勤（八時半～十七時半）、遅番（十時～十九時）、夜勤（十七時～翌日九時）だ。

遅番が帰る午後の七時から、早番が来る翌朝の七時まで。その十二時間の間、夜勤担当職員は広いフロアでたった一人となる。

先輩についてもらっての研修は受けているとはいえ、初めての一人夜勤はさすがにビビる。

金銭的には、夜勤は二日分＋夜勤手当（五千円）がもらえるから有り難いし、月に四日ほどの夜勤をシフトに入れなければ人並みの給料を得られないのも事実なのだが。

「慣れれば夜勤の方が楽よ、何にもない時は何にもないから。深夜帯とかに、ふっとね、安らぎを覚える瞬間もある。あの感覚は夜勤ならではよ」

そう鈴子先輩は言うが、「一人で一フロアを見る」ということがどういうことなのか、康介には想像もつかない。

「じゃあまた明日ね、頑張りましょー」

居酒屋を出て先輩たちと別れた康介は、乗った電車を途中下車した。

夜勤の恐怖を忘れるには、このみちゃんの笑顔を見るのが一番だ。束の間の安らぎを得るために、今夜も秘密のオアシスに向かうのだった。


そして、初めての夜勤の日がやってきた。

昼過ぎまで寝ていてもいいのに、緊張からか夜中に何度も目が覚め、結局九時頃には布団から出ることになった。

ご飯を食べてから昼寝でもしようとも思ったがそれもできず、ただただ出勤の時間を待つという無駄な半日を過ごした後、康介は「まほろば園」へと向かった。

夜勤とはいえ、途中、二時間の休憩は与えられている。だが、一人なのだから何かあったら対応しなければならず、休憩は実質ないに等しい。仮眠室もない。スタッフルームの奥に間仕切りのカーテンがあってソファーベッドがあるだけだ。

他の階にも夜勤はいるが、認知症などの重症の入居者が多い三階には康介一人。夜は医師も看護師もいない。何かあったらどうするのだ。

「何かあったら上下の階の夜勤に判断を仰ぐ。どうしようもない時は看護師さんの携帯に電話するか、あとは一一九番通報するしかないわね」

遅番で残っていた鈴子先輩の有り難いお言葉を受け、そんなことがないようにと祈りながらユニフォームを着た。

「じゃあ後はよろしくねー、お疲れさま～」

遅番の職員たちが帰った午後七時。この広いフロアに康介一人。

何があっても自分一人で対応しなければならないのだ。

そう考えたら、さっき済ませたばかりなのに再び尿意を感じる。今のうちにトイレを済ませておこうと思った途端、コールが鳴った。

「はい、今行きます！」

いよいよ一人夜勤のスタートだ！

だが実際にそれが始まると、不安がっている暇などないほど仕事は次から次へとあった。

まずは、着替えやシーツ交換。夜はとにかく失禁が多い。そのたびに衣類とシーツとを交換しなければならないのだ。それでなくとも明日の朝食前には、康介は一人で二十人以上の排泄介助と着替えをしなければならないというのに。

「あせって乱暴に更衣すると、内出血や骨折もあり得るから注意してね」

鈴子先輩のアドバイスが蘇（よみがえ）る。それを思い出しながら、落ち着いて、丁寧に。

ふと時計を見れば午後八時。あっという間に一時間が経っていた。

定時の仕事である、一時間置きの見回りを行う。

すべての居室を見回り、何か変わったことはないか、寝ている人はちゃんと呼吸をしているか鼻息を確認したり、布団の動きを観察したり……。

三〇五号室に入った。

鹿島広治（かしまひろじ）さん・八十三歳が、静かに寝ている。

身動き一つしない。寝息も聞こえない。

……変だ。

広治さんは、夜間帯にはいつももぞもぞしているのだ。激しい時は、頭と足が逆の位置で眠っていたことさえある。「夜間多動で特別な注意が必要」な入居者のうちの一人だった。

その広治さんが、身動きもせずに寝ている。

……オカシイ。

イヤな予感を覚えながら、康介は広治さんのベッドに近づいた。

口は閉じており、鼻息も聞こえない。手を近づけてみるが、少しの空気の振動も感じなかった。

息をしていない——。

その瞬間、フガフガッ、と広治さんが大きな息を吐く。

「ひっ」

驚いた康介は、思わず尻もちをついてしまった。

「何やってんだお前」

呆れたような声が聞こえた。同室の井村さんが、自分で車椅子を漕いで部屋に入ってくるところだった。

「広治さん、無呼吸症候群なの知らないのか」

馬鹿にしたように笑って、自分のベッドへ向かう。

改めて広治さんの方を見ると、すー、すー、と安らかな寝息を立てていた。

睡眠時無呼吸症候群のことか？　申し送りには、そんなことは書いてなかったはずだ。見落としたのか。

「ああ、井村さん、トランスファーですか？」

恥ずかしいところを見られてバツの悪いのをごまかそうと、事務的な声を掛ける。井村さんは頸椎損傷で下半身麻痺なのだ。

「一人で移れる。お前なんかに手伝ってもらう方がよっぽど危ないからな」

トゲのある声が返ってきた。

井村さんはいつもこうだ。相性が悪いというのか、信用されていないのか、意地悪ばかりされる。

そこに、やはり同室の文吾さんが飛び込んできた。

「わしの時計がない！　どこにいった！」

康介がいるのに気づくと、

「お前だな、お前が盗ったな！」

と摑みかかってくる。

「盗ってませんよ、大体文吾さん時計なんてしてなかったじゃないですか」

「何っ、嘘を言うな、お前が盗ったんだろう！」

「文吾さん、腕時計をしてても邪魔だってすぐはずして失くしちゃうからって、息子さんが家に持って帰ったでしょう」

「息子が？　そうだったか？　してなかった？」

　腕に手を回して感触を確かめている。

「ね、分かったでしょう。そろそろ消灯だから、ベッドに入ってください」

　まだ納得がいかない顔でブツブツ言っている文吾さんを何とかなだめ、部屋を出た。

　全く、広治さんは驚かせてくれる。文吾さんも、何で今日に限って……他の職員が摑みかかられているのを見たことは何度もあるが、自分が標的になったのは初めてだった。


　こういう作業をしている間も、入居者たちからのコールやベッドセンサーの警報音は鳴り止まない。しかし、いちいち対応していたら他の作業が止まってしまう。

「コールや警報器が鳴ったら、『まず止める』こと、だ。すぐに行かなくていい」

　市原さんからこっそりそう教えられた時は、「え、いいんですか」と思わず返してしまった。

日中の勤務では、コールや警報音が鳴ったらすぐに飛んでいかなければいけないのが鉄則だったから。

「夜勤の時はしょうがないんだ。全部に対処していたら本当に緊急の事態に対応できないことがあるからな。とりあえず止めた上で、緊急度を把握して、優先順位をつけて対応していくこと」

言われた通り、コールが鳴ったらとりあえず止める。急ぎの作業をしていたらそちらを優先し、その後に確認に行く。その間にももちろんコールは鳴り続ける。とりあえず止める、その繰り返しだ。

その他にも、痰の吸引や、二時間置きに体位変換が必要な利用者もいる。そんなことをやっているうちに、午後九時。消灯の時間になった。

生活棟の灯りが一斉に落ちる。この時間を一人で体験するのはもちろん初めてだ。

だがまたコールが鳴り、居室に駆け付ける。消灯してもやることに変わりはない。

いやむしろ、入居者が寝る直前は作業の集中する時間だった。

就寝前にトイレをきちんと済ませること。それとオムツ交換。

「深夜帯によくあるのは、ベッドからの転落。オムツ交換をしたあとにベッド柵を起こすのを忘れたりするから気を付けること」

鈴子先輩のアドバイス通り、オムツ交換のあとにきちんとベッド柵を起こす。

「ベッド柵をしても、自分で車椅子に乗ろうと起き出す利用者さんのヒヤリハットも多いから」

そう鈴子先輩から聞かされた時は、不思議に思った。

「普段、自分で車椅子に移れって言っても嫌がる人が多いのに、何で夜中にわざわざ車椅子に移ろうとするんです？」

「大概は、トイレね。トイレには自分で行きたいのよ」

なるほど。まだ自力で用を足せる利用者は、トイレ介助を嫌がる人が多い。

特に女性。いくら年をとっても、男性に用を足すところを見られたくないのだろう。それは良いことでもあったが、深夜帯にそれをやられると気の休まる時がない。

そうならないように、寝る前にちゃんとトイレを済ませたかの確認を徹底すること。康介は先輩の教えを忠実に守った。

廊下に出ると、三〇三号室の行方(なめかた)ふじ子さんが徘徊(はいかい)していた。

「どうしたの、ふじ子さん」

「お米をとがなきゃ……」うつろな顔で言う。

「夕飯は食べたでしょ。もう消灯過ぎたよ」

ふじ子さんは食い意地が張っているので有名で、面会客にまぎれてエレベータで一階に下りてしまい「お米、お米……」と厨房に入り込んだこともあったという。

「ご飯はまた明日ね」

ふじ子さんを部屋まで連れて帰り、ベッドに寝かせる。

床頭台の上には、正月に書いたという書き初めが貼られていた。ものすごい達筆で、「米五合」と書かれている。

「どんだけ食べたいんだ」

これを見た職員たちは、みな笑っていた。

「娘さんも呆れてたぜ、食い意地が汚くてすみませんって」

「それでかな、全然面会にも来ないよな、母一人娘一人だっていうのに」

枕元には、その娘さんらしき中年の女性と、孫娘だろうか高校生ぐらいの女の子とが写った写真が飾ってある。いつもふじ子さんが触っているせいか、写真はだいぶよれて色あせていた。

休憩時間になった。

スタッフルームの奥の椅子にへたり込み、ほんのわずかな息抜きに、鈴子先輩にＬＩＮＥで「ちゃんとやってます」と報告をする。

ついでに、文吾さんの「お前が盗ったな」の標的に初めてなったことも。

すぐに鈴子先輩から返信がきた。

〈おめでとう〉

〈は？　おめでとうって何ですか〉

〈文吾さんの『お前が盗ったな』はね、一番身近な人が狙われるの。一番世話してくれてるって、文吾さんに認められたのよ〉

へー、そういうもんなのか……。

物凄い形相で摑みかかられて、「認められた」というのも妙だったが、そう言われれば悪い気はしない。何だか一人前になった気分だった。

休憩時間はまだあるので、このみちゃんにもＬＩＮＥをする。営業用のアカウントだろうけど、それでもいい。

〈今、夜勤中〉〈めちゃくちゃ大変〉

すぐにレスがきた。

〈おっつ〜♡〉〈がんば〉

いつもはすぐには既読にもならないのに、こういう時に限って即レスがある。

嬉しくて〈今度さ、一緒にご飯でも〉と打とうとした時、コールが鳴った。

端末を見る。井村さんだった。

またか。

井村さんは、まるで「いじめ」のように大した用事もないのにコールを鳴らすのだ。

今日も、「腰をもめ」「背中がかゆい」「水を飲ませろ」……。

それでも無視するわけにもいかず、重い腰を上げ、三〇五号室に向かった。

「はい、何でしょうか」

部屋に入ると、

「遅いぞ、湿布を貼ってくれ」

いきなり高圧的な口調で言われる。

「もう、いい加減にしてくださいよ、こんな時間に」

思わず口に出してしまった。

「井村さん、湿布ぐらい自分で貼れるじゃないですか」

「何だと！　職員のくせに入居者の言うことに逆らうのか？」

「職員だって人間ですよ、あんまり理不尽なことばっかり言われたら――」

「……そうだよな、お前らには所詮、『仕事』だよな」

　ふいに井村さんの口調が変わった。

悲しそうな目でこちらを見つめる。

「仕事が終わればお前らは家に帰れる。だけど俺は、俺たちは帰れないんだ。一生この中で生きていくんだ。お前らに頼るしかないんだ。それが嫌だったら、家に帰してくれ！家に！」

その悲痛な叫びに、康介は返す言葉がなかった。

帰る場所のない入居者さんに、自分は何てひどいことを言ってしまったんだ……。

自己嫌悪に陥りながら部屋を出て、井村さんに肝心の湿布を貼り忘れたことに気づいた。

慌てて部屋に戻ろうとした時、声が聞こえた。

「新人をからかうのはおもしれえよな」

井村さんの声だ。隣のベッドの文吾さんに話しているのだろう。

「家じゃこんなワガママは言えないからな、あいつらに好き勝手言えて、何でも言うことを聞いてくれて、全くここは天国だよ、カッカッカッカ」

高笑いを聞いて、怒りに震えた。ちくしょう、そういうことか――。

哀れを誘う言葉に、危うく騙（だま）されるところだった。もう騙されない。井村さんからコールがあっても、絶対行かないからな。

そう心に誓って、部屋を後にした。

午後十一時。定時の見回りの時間になり、康介はスタッフルームを出た。

さすがにこの時間はみな寝静まり、どの部屋も静かだ。

異常なし、異常なし……。

静まり返る廊下に、自分の足音だけが響く。他には、かすかに聞こえる入居者さんの寝息。寝返りを打っているのだろうか、布団の擦れる音さえ耳に届く。

ふと、奇妙な感覚を覚えた。

何だか穏やかで、心が落ち着くような……。

——ふっとね、安らぎを覚える瞬間もある。あの感覚は夜勤ならではよ。

鈴子先輩の言っていたのはこれか……。

確かに夜勤も悪くないな。

そんなことを思いながら、ふじ子さんや和子さんのいる三〇三号室に入る。

ここも異常なし、と思いきや、人の気配に目覚めてしまったのか、ふじ子さんがベッドの上で起き上がった。

「もう朝なの？　お米とがなきゃ……」

「ああごめん、まだ夜中だよ。大丈夫、今はご飯の時間じゃないから」

だがふじ子さんはなおも起き上がろうとする。

「明日はみっちゃんの部活なの……お弁当をつくらなきゃ……」

「みっちゃん？」

問い返して、ああ、と気づく。

みっちゃんとは、ふじ子さんの娘さんのこと。写真の中の中年の女性だ。確か康介の母親と同じぐらいの年ではなかったか。

「ふじ子さん、みっちゃんはもう高校生じゃないんだよ、ほらこの写真を見てごらん」

分かるとも思えなかったが、枕元の、娘さんと孫娘が写っている写真を見せた。

その時、

「それは娘さんじゃありませんよ」

突然の声に、ひゃっ、と驚いて振り返ると、和子さんが半身を起こしてこちらを見ていた。

暗い部屋の中、ざんばら髪でこちらをじっと見つめている姿は、かなり不気味だった。

「すみません、起こしちゃいました？」

和子さんは康介の言葉を無視して、なおも言う。

「よくその写真を見てごらんなさい」

え？　手にした写真に目をやった。

娘さんじゃない？　いやだって年齢からいっても……。

いや、違う。

確かによく見ると、娘さんに見えた女性は――ふじ子さんだ。

色あせているのも当然、何十年も前の写真。若い頃のふじ子さんだ！

すると、隣にいるのも孫娘じゃない。高校生の頃の娘さん――みっちゃんか。

康介のことをじっと見つめたまま和子さんが言う。

「今でもふじ子さんの一番の心配ごとは、娘さんがお腹を空かせてないか、そのことなのよ。そんなことも分からないで接客業が務まりますか、やっぱりあなたはダメ社員ね」

そうだったのか……と改めて写真を見る。

そして、壁に貼られた「米五合」の書き初め。

――明日はみっちゃんの部活なの……お弁当をつくらなきゃ……。

毎日毎日、部活で大変な娘さんのために米五合を炊き、朝晩の食事に加えてお弁当もつくって持たせていたのだ。

仕事と子育てで大変だっただろうけど、その頃が一番幸せな時代だったに違いない。ふじ子さんの「時間」は、その時で止まっているのだ。

今でもふじ子さんは、混濁する頭の中でお米を炊き、娘さんのためにお弁当をつくり続けているのだ。

しかしその娘さんは、ふじ子さんをここに預けっぱなしで、面会にも来ない――。

「大丈夫、もうお弁当はいらないんだよ。みっちゃんはもう大人になったんだ……」

ふじ子さんを寝かしつけながら、ふと、田舎(いなか)の母親の顔が思い浮かんだ。

こっちはもういい大人だというのに、今でもしょっちゅう電話を掛けてきては頼んでもいない野菜を送ってくる。自分の方はその度に「忙しいから」と邪険に電話を切り、悪態をついたりしている。

そう、この間も。

俺も、おんなじじゃないか――。

「何泣いてるの」

和子さんの言葉に我に返った。

知らないうちに涙ぐんでいたらしい。

「仕事中に泣いてる場合じゃないでしょ、しっかりしなさい！」

「はい、すみません！」

　慌てて目じりを拭い、ふじ子さんを寝かしつける。

　最後に和子さんに最敬礼をして、部屋を出た。

　はあ、と大きなため息が出る。良くも悪くも、入居者さんたちから教えられることばかりだ。

　その時、コールが鳴った。端末を見ると、また井村さんだ。

「またか」

　せっかくしんみりとした気分になっていたのに……。

　どうせまた嫌がらせだろう。さっき、もう井村さんに呼ばれても行かない、と決めたの

だ。全室を見回ることの方が大事だ、とコールを止める。

　隣の部屋に行こうとした時に、コール。また井村さんだ。

　ったく何度呼んだら気が済むんだよ、と止める。

　行こうとして、立ち止まった。やっぱり気になる――。

　しょうがない、嫌がらせに付き合うか。三〇五号室へ向かった。

「今度は何ですかぁ」

部屋に入った途端、

「馬鹿野郎、何ですぐに来ないっ」

井村さんの怒鳴り声が飛んできた。

ああ、やっぱり来なけりゃよかった、と暗澹たる気持ちになる。

「何ですか一体」

「広治さんが死んでる！」

「死んでるって」思わず笑ってしまう。「息が止まってるんですか？　それは無呼吸症候群だって、さっき――」

「さっきのとは違うんだ、もう何分も、寝息が聞こえない！」

「大丈夫ですって、無呼吸症候群は場合によっては数分間……」

そう言いながら、広治さんに近づいた。

一応確認してみる。確かに寝息は聞こえない。鼻の前に手を当ててみるが、空気は動かない。

「広治さん、息しないと死んじゃうよ」

と軽く肩を叩いてみた。反応がない。

またまたあ。そう思いながらも、念のために胸に耳を当ててみる。

……鼓動が聞こえない。

一瞬にして頭が真っ白になった。心肺停止だ！

心肺停止、心肺停止……。その言葉だけが頭の中を駆け巡る。

どうする？　どうすればいい？

「おい、救急車呼んだ方がいいんじゃないのか!?」

「は、はい！」

そう、救急車。……でもいいのか？　本当に救急車なんて呼んで、後でおおごとになったら……。

念のためもう一度。

広治さんの胸に耳を当てる。どくんどくん。心臓の音が聞こえる。蘇生したか！

喜んだ瞬間、いや違う、と気づいた。これは自分の心臓の音だ。康介の心臓が口から飛び出そうになるほど早鐘を打っているのだった。

これじゃあダメだ。必死に緊急時のマニュアルを思い出す。

まず、名前を呼び意識確認。もう一度広治さんの肩を叩き、名前を呼ぶ。……返事なし。

次に呼吸の確認。さっきのやり方じゃダメだ。康介は、広治さんの鼻と口先に自分の頬をできるだけ近づける。……呼吸音も吐息も感じない。布団をはいで広治さんの胸と腹の動きを確認する。……動きは見られず。

マニュアルの一節が蘇る。

「呼吸なし」と判断したら、ただちに心肺蘇生を開始。

心肺蘇生。どうする。どうやる。分からない、思い出せない、SOSだ——。

廊下に出て、康介はスマホを取り出した。看護師さんの携帯番号を調べる時間はない。

唯一の頼み、鈴子先輩の携帯に電話を掛ける。頼む、出てくれ……。

「もしもし、どうした?」

勤務中の電話に異変を感じたのか、先輩の口調もいつもと違った。もつれる口で状況を伝える。

「心肺停止ね。分かった、落ち着いて行動して。まず、一一九番して」

鈴子先輩が、こちらを落ち着かせようとあえてゆっくり話す。

「は、はい!」

「それとAEDと心臓マッサージ。四階の夜勤の職員に応援を頼んで」

「分かりました!」

電話を切って、すぐに一一九番して救急車を呼んだ。それから四階の夜勤の職員に応援を頼む。

「心肺停止です！　救急車呼びました、ＡＥＤをお願いします！」

「分かった、すぐ持って行くからお前は心臓マッサージをしろ！」

え、自分が心臓マッサージ？

知ってはいるが、研修も受けてはいるが、そんなのやったことない。どうすればいいんだ……。

再び鈴子先輩に電話。待っていたのかすぐに答えが返ってくる。

「指示するから広治さんのそばに行って！」

「はい！」

スマホをスピーカーモードにして床頭台に置き、広治さんのそばに立つ。

「人工呼吸は省いて、すぐに心臓マッサージするわよ。広治さんに対して垂直になるよう横に位置どって！」

「はい！」

言われた通りに位置どった。

「まず、広治さんの体の中心線と乳首を結んだ線が交差する位置に手のひらの下半分を当てる。もう片方の手を覆うように組んで、両肩が両手の真上に来るように。胸と腕の角度は九十度」

「九十度……はい！」

「肘を曲げず体重を使って、胸が4〜5㎝沈み込むくらい、押す！　力をゆるめて戻して、また押す！　二十回やったら蘇生していないか確認して。していなかったらまたマッサージ！　マッサージは一分間に百回のペースで続けて！」

「一分間に百回……」どれぐらいの速さか分からない。

「リズムが分からなければ頭の中で歌を歌って！」

「歌⁉」

「研修の時に教えたでしょ！　心臓マッサージのリズムに合う歌！」

「ええ、あれですか⁉」

あの歌を、こんな時に？　マジか⁉

「そうよ、早く！　一分一秒を争うのよ！　始めて！」

「はい！」

康介は、鈴子先輩に言われた通り、スタンバイした。

落ち着け、落ち着け。大丈夫だ、できる、言われた通りにやれば、できる……。

広治さんに対して垂直になるよう横に位置どって、体の中心線と乳首を結んだ線が交差する位置に手のひらの下半分を当てる。もう片方の手を覆うように組んで両肩が両手の真上に来るように。胸と腕の角度は九十度。

肘を曲げず体重を使って、胸が4〜5㎝沈み込むくらい、押す！

力をゆるめて戻して、また押す！　それを一分間に百回のペース！

心臓マッサージをしながら、頭の中で「その歌」を歌った。

そうだ　うれしいんだ　いきるよろこび　たとえ　むねのきずが　いたんでも
なんのためにうまれて　なにをしていきるのか　こたえられないなんて　そんなのはいやだ

二十回ごとに確認。まだ心臓は動かない。再び歌いながら心臓を押す！

いまをいきることで　あついこころもえる　だから　きみはいくんだ　ほほえんで
そうだ　うれしいんだ　いきるよろこび　たとえ　むねのきずが　いたんでも

心臓マッサージをしながらアンパンマンの歌を歌っていると、なんだか悲しくなってきた。

何のために生まれて、何をして生きるのか――。

何を食べているのかも分からない登志子さん。廊下を這って移動している惣之助さん。あんなに大切に育てた娘さんから見向きもされないふじ子さん。そして今、心臓が止まろうとしている広治さん。

まるで、ここにいる人たちのことを歌っているみたいじゃないか――。

康介はいつの間にか、声を出して歌っていた。

ああ　アンパンマン　やさしいきみは　いけ　みんなのゆめ　まもるため

「おい、いったん離れろ！」

声にハッとすると、四階の夜勤職員がＡＥＤを手にしてそばにいた。

慌てて離れる。職員がＡＥＤを使う。バチバチッと音がして、広治さんの体が一瞬どくん、と跳ね上がる。少し間を置いて、もう一回。

職員が広治さんの反応を見る。

「どうです⁉」

「ダメだ！」

「そんな……」

「心臓マッサージを続けろ！　俺は救急隊を誘導してくる！」

「はい！」

再びアンパンマンの歌を歌う。

なにがきみのしあわせ　なにをしてよろこぶ　わからないままおわる　そんなのはいやだ
わすれないでゆめを　こぼさないでなみだ　だから　きみはとぶんだ　どこまでも
そうだ　おそれないで　みんなのために　あいと　ゆうきだけが　ともだちさ

「何だ何だ」

「うるさくて眠れないでしょ」

いつの間にか、歩ける入居者たちが廊下に集まっていた。だがそんなことを気にしている場合ではない。

康介は、心臓マッサージを続けながら声の限り歌い続ける。

ああ　アンパンマン　やさしいきみは　いけ　みんなのゆめ　まもるため
ときははやくすぎる　ひかるほしはきえる　だから　きみはいくんだ　ほほえんで
そうだ　うれしいんだ　いきるよろこび　たとえ　どんなてきが　あいてでも
ああ　アンパンマン　やさしいきみは　いけ　みんなのゆめ　まもるため

「ふごっ」

突然広治さんが息を吐いた。

「広治さん！」

マッサージの手を止め、自分の頬を広治さんの口と鼻のそばへ持っていく。

息をしていた。

「広治さん、聞こえますか、広治さん！」

肩を叩き、呼びかけると、広治さんがうっすらと目を開いた。

「僕の声が聞こえますか、僕が分かりますか⁉」

ぼんやりとした顔でこちらを見つめた広治さんは、小さいが、はっきりとした口調で、

「あんぱんまん」

と言った。

良かった、生き返った――。

「傷病者はこちらですか！」

その時、救急隊員が現れる。

「息吹き返しました！」

「分かりました。替わります」

康介に替わって救急隊が広治さんのそばに寄り、「聞こえますかー」と声を掛けている。

広治さんはさっきよりはっきりと肯き、「はい、聞こえます」と答えていた。

「康介くん！」

声に振り返ると、鈴子先輩が立っていた。右手には、携帯電話を握りしめている。

「先輩！　広治さん、助かりました……！」

「良かったわね」

「ほんと、死んだかと思った……」

「うん、よく頑張ったわね、ご苦労様」

労（ねぎら）われた途端、緊張の糸がぷっつり切れ、へなへなと床に座り込んでしまった。

「康介くん、お手柄よ」

鈴子先輩が、拍手をする。つられてか、よく事情も分からないまま集まった入居者たちも手を叩いていた。ふじ子さんも、文吾さんも、あの井村さんまで、笑顔で拍手をしている。

そんな中、和子さんだけが変わらぬ表情で康介のことを見つめると、ぼそっと呟いた。

「それにしてもあんた、歌下手ね。やっぱりクビだわ」

くやしいやらホッとするやら、泣き笑いの康介なのだった。

# 第三話　立派なお仕事

「まほろば園」の朝は早い。

　起床時間は七時と定められてはいるが、五時を過ぎれば早くも目を覚ました入居者からのコールが鳴り始める。

「トイレ行きたい」

「オムツ替えてくれ」

「体が痛い」

　それらの訴えにすべて「は〜い、すぐに行きますからね〜」と応えておいて、急を要する順に対応していく。二度目のコールは黙って止める。このやり方にもずいぶん慣れた、と大森康介は思う。

　初めての一人夜勤で「心肺停止&救急搬送」というあり得ない事態を体験してから一か

月。夜勤も今日で五度目となったが、二度目からは転倒とベッドからの転落が一回ずつあったきりで、それぞれ事故報告書を書いただけで済んだ。

そんなの、初回の悪夢の数分間に比べたら何でもない。

薄暗い汚物処理室の中、一滴もこぼすことなくオムツを捨てることができたのに満足しながら康介は胸の内で呟く。

最近は休憩時間にカップ麺を食べる余裕さえできた。そんな自分を褒めてあげたい。だって誰も褒めてくれないんだもの。

「おはようございま〜す」

廊下の向こうから早番職員の声が聞こえて、ようやく長かったワンオペの時間が終わりを告げる。康介は顔だけ廊下に出して、

「三〇六の早坂(はやさか)さん、コールです、排泄介助お願いします！」

と叫んだ。

「……さん、ふらつきありで念のためバイタル計測しましたが、異常値ありません」

朝食介助を済ませた後のミーティングで、前夜の報告をするのももちろん康介の役目だ。

「それと三〇三号室の野沢和子さん、嚥下能力落ちていますので、食事介助の際は気を付

けてください。以上です」

　我ながら申し送りも様になってきたな、と思いながら記録ファイルを閉じた。

「ではあとは各自記録に目を通しておいて――」日勤リーダーの白石さんが締めにかかったところで、鈴子先輩から咎めるような声が飛んだ。

「惣之助さんの更衣したの康介くん？」

「そうですけど」

「シャツ、前後ろ逆だったよ、気を付けて」

「……はい」

　さっきまでの自信が一瞬にして萎む。職員からも入居者からも信頼の厚い鈴子先輩から見れば、康介などまだまだ半人前以下だ。

「じゃあいいかしら。皆さん聞いていると思いますけど……」

　生活指導員の谷岡さんが、今日入る予定の入居者について伝えた。

　岡村千代さん・七十六歳。認知症の他に、リュウマチを患っているという。

「投薬ありますので注意してください。多少の拘縮もあるようですから……」

　谷岡さんからの指示はまだ続いていたが、一気に襲ってきた疲れと眠気で、そこから先はほとんど康介の耳に入っていなかった。

ミーティングを終えて廊下に出た時、職員に車椅子を押してもらいながら部屋を出てくる三〇五号室の財津幸男さんを見かけた。

頭には医療用の保護帽子をかぶっている。ポリエステル製の顎ひも付きで、だいぶ色あせたものだ。

「おう、康介、お疲れぇ」

洗濯済みのタオルの山を抱えて通りかかった市原さんが、立ち止まった康介を見て、

「何だ、まだ帰りたくないのか？　四時まで待ってるんだったら飲みに付き合うぞ」

と軽口をたたいてくる。

「待ちませんよ、もう帰りますよ」

苦笑で応えてから、康介は尋ねた。

「幸男さんって、頭部に怪我とかないですよね」

「幸男さん？」市原さんが怪訝な顔で康介の視線を追う。

デイルームにいる財津幸男さんの姿を見て、「ああ、あの保護帽子？」と応える。

「そういやいつもかぶってるな」

「脱毛もないはずなのに……何ででしょう」

「さあ、特に理由なんかないだろ」

「でも、かぶせないと要求してくるでしょ」

「そうだな、面倒くせえんだよな」

　投げやりに答えて、「それより可愛いおネエちゃんのいる店見つけたんだ。今度行こうぜ、もちろんお前の奢りでな」と適当なことを言う。

「はいはい、俺の給料が市原さんより上がったらね」

　康介の方も軽くあしらって、階段へと向かった。

　テンキーで暗証番号を入力し、鉄でできた重い扉を押し開ける。エレベータに乗るにも同じ入力作業が必要だった。

　暗証番号も鉄の扉も、入居者が勝手に出ていかないようにするためのものだ。最初の頃は、出入りするたびにここはそういうところなのだと思い知らされ憂鬱な気分になった。今は多少の面倒臭さを感じるだけだった。

　いつものように下りの電車は空いていた。夜勤明けで一番有り難いのは、こうやってガラガラの電車に乗れることだ。途中で満員の上り電車とすれ違う時には、ひそかな優越感さえ覚える。

普段は目を向ける余裕もない窓外の景色でも眺めようかと思っていたが、心地よい揺れに身を任せているうちにいつの間にか寝入ってしまった。起きた時には最寄り駅で、慌てて閉まりかけのドアからホームに飛び出した。

梅雨入りも近いのか、歩いていると湿った空気がまとわりつき疲れた体がさらに重くなる。アパートの近くにあるコンビニで、冷たい飲み物とスナック菓子、カップ麺などを大量に買い込んで部屋に戻った。栄養のつくものを食べなければいけないと分かっているのに、どうしても夜勤明けはジャンクフードを馬鹿食いしてしまうのだ。

早速ポテチの袋を開いて、缶ビールで流し込んだ。昼の陽射し(ひざし)の中でアルコールを飲めるのも、夜勤明けの特権だった。

寝る前にもう一度確認しておこうと、スマホを取り出した。油で汚れた指を拭き、LINEにアクセスする。〈高校・同級生〉のアイコンをタップした。

〈最終確認！　土曜の6時半に池袋東口、居酒屋……〉

明日は夜勤明けの公休で、ちょうどその日に高校のクラス会があるのだ。

長野から東京に出てきている同級生の集まり自体は毎年開かれているらしかったが、クラスの中心グループとさほど親しくなかった康介は、上京した年に一度参加しただけで、それからは連絡をもらっても何やかやと理由をつけて断っていた。

だが今回はクラスのアイドル的存在だったミホちゃんが来るかもしれない、というので参加の返事をしたのだった。

会うのは卒業以来だ。自分のことを覚えているだろうか。期待半分、不安半分の思いで残りのビールを飲み干すと、布団に倒れ込んだ。

目覚めた瞬間、見回りの時間寝過ごした！　と跳ね起きる。

何で鳴らなかったんだ、とスマホを手にしたところでここは自分の部屋だ、と気づいて胸をなで下ろす。夜勤明けの中途覚醒。お決まりの展開だった。

もう一度時刻を確認すると、夜の七時半。結構寝たな、と布団から這い出る。

どうせ二度寝はできない。テレビをつけ、湯を沸かしにキッチンに向かった。

夜勤の時と変わらぬカップ麺の夕食をとりながら、ぼんやりとテレビを眺める。

どこの局もクイズかバラエティ番組の類いしかやっていなかった。うるさくてチャンネルを変えていると、東京ローカルの局で「建物探訪」のような番組を放映している。興味はなかったが、まあいいか、とそのままにしておいた。

都内の様々な建物をレポーターと専門家が訪れ、特徴などを解説していく番組のようで、今日取り上げているのは新しくできた「有料老人ホーム」——特養ももちろん有料なのだが、特養と違って民間企業の運営で、入所にあたって年齢や要介護度などの条件がない分「割高」な老人ホームを一般的にこう呼ぶ——だった。

ゲッ、家でまでこんなの見たくない、とチャンネルを変えようとした時、

「お金をかけなくとも、ちょっとした工夫で利用者のための施設はつくれるんです」

という声が聞こえて手を止めた。

「逆に、どういうところにお金をかけているか、工夫をしているかというところを見てほしいと思います」

「建築家」というテロップが出ているスーツ姿の男性が、レポーターに向かってにこやかに話していた。

「たとえば、廊下の天井についている照明をご覧ください。単にLEDを使用しているというだけでなく、左右交互にとりつけています。どういうことか分かりますか?」

「いえ」とレポーターが首を振る。カメラは天井の照明を映し出した。

「今までの施設だと、廊下の蛍光灯が天井の中央に等間隔に並んでいるところが多いんです。まあ、普通の建物ならそれでもいいんです。でも、こういう福祉施設の利用者は、みんな手すりを頼りに左右どちらかの壁に沿って歩きます。廊下の中央を歩く人は職員だけと言ってもいい。これでは肝心の廊下の隅が陰になってしまって、安全のためにある照明が

意味をなしません。視力の低下している利用者などは、廊下の歩行そのものを怖がってしまう」

「なるほど、それで左右交互に」

レポーターは感心したように肯いた。

「ええ。これなどはちょっとした工夫ですが、実は、天井裏の配線も二重線にしなければならないんです。つまり設計上の知識が必要であるとともに、それなりのコストもかかります。そういう見えない部分にコストをきちんとかけているかいないかで、良い施設であるかどうかの見極めができます」

「はあ～、なるほど」

レポーターがしきりに相槌を打つ。

「外観や内装についてもそうですね。ここなどは意外にシンプルでしょう？」

引きの映像で、二人が立っているロビーの様子が映った。

「ええ、でも広々としていて気持ちがいいですね」

「実際の面積はさほどでもないのですが、とにかく余計なものを置かない、ということを心がけています」

建築家の言葉は淀みがない。

「よく、ホテルかと見まがうばかりの外観で、玄関やホール、ロビーなどは異様なほど立派なのに、居室や食堂などの利用者が主に生活する空間についてはお粗末、という施設がありますよね」

レポーターは、「ありますね」と苦笑を浮かべた。

「そういう施設は、初めて来た来訪者にはいいイメージを与えるでしょう。見学に来たご家族とかね。でもね、見た目が立派なロビーというのは大抵床が滑りやすい素材になっていたりして、利用者には逆に危ないんです。入り口に大きな花瓶なんかを飾っている施設とか見たことありませんか?」

「ありますあります」

「あんなのは、利用者の動線を遮る障害物そのものです。事故の可能性も高くなる。極端な話、入居者はロビーに出るな、と言っているようなものなんです。さて、居室の方をご案内しましょうか――」

思わず見入ってしまっていた康介だったが、そこでテレビを消した。

「何勝手なこと言ってんだ」

誰もいない一人の部屋で、テレビに向かって悪態をつく。

「そんなの高級有料ホームだから言えることだろ。利用者から大金ふんだくれば、いくらだって手をかけたつくりにできるっつうの」

　腹がくちくなったら再び眠気もやってきた。

　明日に備えてたっぷり睡眠をとっておこうと、康介はもう一度タオルケットをかぶった。


　不案内なエリアで何度も同じ場所を行ったり来たりして、ようやく目指していた雑居ビルを見つけた。

　康介が集合時間から十分ほど遅れて会場の居酒屋に入った時には、すでに十人以上のメンバーが集まっていた。

「おう、康介！　こっちこっち」

「大森か、久しぶりだな」

　卒業以来のメンツもかなりいる。一人一人、誰だったか名前を思い出しつつ空いている席に腰を下ろした。

「ビールでいいか？」

「うん」

「すみません、生一つ！」

　運ばれたおしぼりで手を拭きながら、康介はもう一度テーブルを見回す。

男女比はほぼ半々。どうしても名前を思い出せない女子が一人、名前どころかあんな奴クラスにいたっけか、という男子が一人いたが、もしかしたら自分もそう思われているのかもしれない。

「鴨下とミホは遅れるって言ってたから、とりあえずこんなところだな。乾杯するか」

クラス委員だった洋治の音頭で、グラスを合わせた。こういう役どころは卒業しても変わらない。店に入った時には多少の違和感を覚えたクラスメイトたちの姿も、よく見ればさほどの変化はなかった。

「康介、久しぶりだな」

幹事席からわざわざ洋治がグラスを合わせに来る。

「ああ、久しぶり」

「まだ独身だろ？」

「当たり前——え、洋治は……」グラスを持つその左手の薬指にリングがあるのに気づいた。「結婚したのか！」

「ああ、去年な。男じゃこの中だとまだ俺だけか」

「女は結構してるの」四人ほどで固まっている女子グループの方に目を向ける。

「東京組じゃあエリぐらいかな。今日は来てないけど。田舎に残ってる奴らはもう半分以上は結婚したんじゃないか？」

「そんなに……」

職場の人間だけを見ていると二十代で結婚している者などほとんどいないように思えるが、田舎に残っていればそんなものかもしれない。

「康介、今何やってるんだっけ」

大学進学組の筆頭で、名のある会社に勤めている洋治相手に今の職種を告げるのは気がひけた。

「まあ、福祉関係」

「……そうか」

察したのか、それ以上は訊いてこなかった。

料理が運ばれ、早くもビールのお代りをする者も出てきて、場は少しずつにぎやかになっていく。

「そういやイクミとハヤトが結婚したの知ってる？」

「マジ？　何であそこがくっつくの！」

「ノンコは離婚してシングルマザー」

「ああ、分かる分かる」

「トモは結局実家に戻って工場継いだと」

「えー、実業団で野球続けてると思ってたー、ショックー」

初めのうちはそんな同級生の消息、噂話で盛り上がっていたが、酒が入るにつれ仕事の愚痴が多くなっていく。

「ヒトシも会社辞めたんだよな」

「ああ、今は派遣だよ。仕分けセンターで時給千四百円」

「結構時給いいじゃん」

「何言ってんだよ、手取りで月十九だぜ。やってらんねえよ」

「俺も変わんねえよ」

「あれ、タツヤ、新卒で自動車販売会社だったろ」

「とっくに辞めたよ。休みはないし残業手当はつかないし、とんだブラック企業だったからな。半年で辞めて、あれから十五社ぐらい代わったかな、全部派遣」

「正社員に応募しても履歴書で落とされるからな。やっぱなんかの資格がないとな」

「非正規やフリーターは年齢が上がるほど正社員への転換が難しいっていうからなあ」

「お前、流行りのＩＴ系だったじゃんか」

「会社が飛んで今は俺も派遣だよ」

「みんな派遣か」

「しょうがねえよ、今は五人に二人が非正規だっていうからな」

「でも三十歳になってもフリーターじゃ洒落にならねえよなあ。結婚もできないだろ」

「康介は正規でいいよな」

急に話を振られ、康介は慌てて食べかけだった皿から箸を戻す。

「康介のとこ、給料いくら？」

「大したことないよ」

言葉を濁したが、実際、基本給十五万に夜勤手当を入れても月二十いくかいかないかで、給与だけを見れば派遣と大して変わらない。

だが福利厚生もついているし、多少なりとも賞与もある。腐っても正規だ。

「え康介、正規なんだ」遠くの席から意外そうな声が飛んだ。「すげえな、エリートじゃんか」

「言い過ぎだよ」

そう答えながらも、少しだけ誇らしい思いだった。

高校時代は全く目立たず、クラスの中では間違いなくカースト下位だった自分が、今や上位にいた連中から羨ましがられている。ミホちゃんが聞いたらどんな反応を示すだろうか。

その時、タツヤが軽い口調で言った。

「俺も今のところが契約切れになったら、介護の仕事でもやるかなあ」

介護の仕事でも。

その言い方に、皆の本音が見えた。羨んだようなことを言っても、内心ではやはり見下しているのだ。介護でも。介護なんか。

仕事はきついし、ワンオペ長時間勤務は当たり前。離職率は高い。誰もがやりたがらない仕事なのだと——。

「でも康介、よくあんなきつい仕事続けてられるよなあ」

ヒトシの言葉に、タツヤも同調した。

「だよなあ。知らないばあさんのオムツ替えるなんて、俺絶対ムリ」

「康介すげえよ、立派立派」

「立派なんかじゃないよ、誰でも慣れればできるよ」反射的にそう返していた。「機械的にやってるだけだから。生身の人間と思ったらやってられないよ」

「そっかあ、そうだろうなあ」

「そうそう」

笑みを浮かべて再び皿に箸を伸ばした。今の笑いは卑屈に見えなかっただろうか、と思いながら。

「そういやこの前見た求人でさ……」

案ずるまでもなく、話題はもう別のことに移っていた。

康介はそっと席を立ち、料理を取る振りをして女子が固まっている席に移動した。

「ああ大森くん、久しぶり」

「久しぶり、元気？」

「大森くん、変わんないね」

どうしても名前を思い出せない女の子だったが、適当に話を合わせた。

「そっちも変わんないよ、みんなきれいになっちゃって」

「ちょっと、言うこと矛盾してる」

周りの女子たちの笑いが弾けた。

高校時代は女の子相手に軽口をきくことなんてできなかった。やはり少しは成長したのだ。気をよくして、唐揚げの皿に箸を伸ばすついでに名前を思い出せない彼女に尋ねてみる。

「そういや、ミホちゃんは来ないの？」

「あぁミホ、二次会からになるかもって」

「何、大森くんもミホ目当て？」その隣の、高校時代からお節介だった女の子が口を挟んでくる。

「ダメダメ、ミホ来月結婚するから。お相手はエリート商社マン。大森くんじゃ勝負にならないよ」

「そんなんじゃないよ」

何でもない風を装ったが、思った以上に落胆していた。

やっぱりそうか。結局、同じカースト同士でくっつくわけだ……。

彼女たちは席を空けてくれるわけでもなく、料理を取ってしまえば康介のいる場所はなかった。

山盛りの唐揚げの皿を手に元の席に戻る。誰も見向きもせず、康介の分からない話で笑い声をあげていた。

一人ぽつねんと唐揚げを食べながら、時計に目をやる。

施設では今頃、遅番と夜勤で手分けして就寝前の着替えをしている頃か。ヨシオさん、ちょっと熱があったけど大丈夫かな。昨日高めだったハルコさんの血圧は……。

いかんいかん、と首を振る。何でこんなところで仕事のことを考えなきゃいけないんだ。

そう思って周囲を見回したが、両隣の同級生はともに背を向けたままだ。会話に入るキッカケもなかった。

ふいにむなしさがこみ上げてくる。以前一度だけ出席した時も、こういう思いを味わったのだった。

立ち上がり、洋治の隣へ行くと耳元で言った。

「ごめん、俺明日早いんで帰るわ」

「え、もう？　二次会カラオケ行くけど」

「うん、ごめん。いくら」

「四千円」

これだけで？　市原さんといつも行っている居酒屋だったらその半額だと胸の内で呟きながら会費を払った。

「大森康介くんお帰りです～」

言わなくてもいいのに、洋治が大きな声を出す。

「何だ康介、もう帰るのか」

「エリートご帰還！」

「日曜も仕事か、頑張れよ」

誰からも引き留めるような言葉はなかった。出口のところで今までいたテーブルを振り返ったが、康介など最初からいなかったかのように盛り上がっていた。

雑居ビルの外に出ると、小雨がパラついていた。いよいよ梅雨入りなのかもしれない。傘を買うまでもない、と小走りに駅に向かう。

少し走ったところで、反対側から歩いてくる通行人の中に見覚えのある顔を見つけた。すっかり洗練された大人の女性へと変貌しているが、間違いない、ミホちゃんだ。

傘の陰からちらりとこちらに視線を向けたのが分かった。ミホちゃん、そう声を掛けようとした時、すい、と視線ははずれ、彼女はそのまま歩き去った。

目が合ったのは間違いなかった。自分だと気づかなかったのか、気づいたけど無視したのか……。

雨は激しくなってきたが、康介はそのまま駅までの道を駆け抜けた。

このまま帰る気にはなれなかった。

二次会、いや場合によっては三次会まで行くかもしれないと、財布にはいつもより多めの現金が入っている。となれば足を向けるのはいつもの心のオアシスしかなかった。

「いらっしゃーい、おひさっ！」

ファッションヘルス「いたずら子猫ちゃん」の人気ナンバーワン嬢・このみちゃんは、今日も変わらぬ一〇〇%の笑顔でハグしてくれた。

フローラルな香りに包まれ、やはり自分を癒してくれるのはここしかないと思い知る。

「びしょ濡れじゃない。拭いてあげる～」

タオルで頭をゴシゴシされ体が密着したのをいいことに、「やっぱりこのみちゃんが一番～！」と抱きついてみる。

チューをしようと顔を近づけたところで、「あ、大森さんお酒飲んでるでしょー」とこのみちゃんがさりげなく離れた。

「飲んでる飲んでるー、まずーい酒」避けられたことなど気にしていない、とわざとおどけてみせる。「今日、高校のクラス会があったんだよ」

「あら楽しくなかったの」

「全然。話も合わないし」

「えー、好きだった女の子とか来てなかったの」

「そんなのいないよ、長野にはブスしかいないの」

酒の勢いもあって、適当な言葉がどんどん口をついて出てくる。

「長野県の人が聞いたら怒るよ」

「ホントだもん。ねえ、このみちゃん、今度デートしようよぉ」

「はいはい、分かりました。その前にシャワー浴びましょうねえ」

服を脱がされ、電話ボックスのようなシャワー室へと向かう。

あとは一気に撃沈。二十分後には狭いベッドの上で服を着ていた。

「ありがとう、また来てね～」

出口まで見送ってくれるこのみちゃんに、康介はもう一度言った。

「ねえ、さっきの冗談じゃないんだけど、マジに返事くれない？」

「さっきのって？」

「今度デートしよぉって」

「ああ……そうね、考えときまーす」

「いつもそうやってはぐらかす！　今日はマジで答えてよ」

「あ、大森さんまだ酔っぱらってる」

このみちゃんは笑みを浮かべたまま、康介の体をやんわり押し返す。

「やっぱこのみちゃんもそうか。俺のことなんか馬鹿にしてるんだろう……」

「馬鹿に？」

康介はわざと拗ねてみせる。「あいつらと同じだよ。こんな仕事をしてる奴なんて嫌なんだろう」

「そんなこと……」

　このみちゃんは康介の仕事を知っている。笑みが少しこわばったように見えた。そこに付け込んだ。

「そう思ってないんだったらデートしてよ」

「……じゃあ大森さんは？」

　うん？　とこのみちゃんの顔を見た。

「大森さんは何で私なんか誘うの」

「何でって……分かってるでしょ」

「そうねえ、何となく分かる」

　このみちゃんは、真顔のまま言った。

「私がこういう仕事をしているから、自分と釣り合うって思ってるんだよね」

　公休明けは早番、とシフトは決まっていた。七時に出勤するとすぐに起床介助、朝食介助、口腔ケア、オムツ交換……。

　怒濤のように続く朝のケアに、何も考える暇などない。それが今日の康介にとっては有り難かった。

「……さん、痰がらみあり、吸引お願いしました。以上です」

「はい、ありがとう。じゃああとは各自記録を見ておいてください」

いつもの朝のミーティング。昨夜十分に寝られなかったツケがこういう時に回ってくる。

襲ってくる眠気と戦っていると、市原さんから「康介！」と声が飛んできた。

「ボケっとしてるとお前も千代さんの餌食になるぞ」

「はい？　すみません、何すか」

話を聞いていなくて慌てて顔を上げる。

「市原さん、言い方気を付けて」

谷岡さんから注意されて「すみまっせん」とおどけた市原さんだったが、

「でもあの人、聞きしに勝る気難しさでしたね」と続ける。

「ああ、昨日の入浴のこと？」谷岡さんが苦笑して肯いた。

「どうかしたんですか？」

市原さんが話題にあげたのは、新しく入った岡村千代さんのことだった。

とにかく神経質で気難しいらしく、昨日はいきなり「風呂には入らない」と言い出し、
皆を困らせたのだという。何とかなだめすかして入浴させようとすると、「背中が痛いか

ら、ストレッチャーにバスタオル三枚敷け」とワガママを言いたい放題だったらしい。

「お前も覚悟しておけよ」

市原さんから脅すように言われても、康介にはまだピンときていなかった。


昼食配膳の時、その千代さんに初めて相対することになった。

食堂のテーブルの一角で眉間にしわを寄せ、シャツから出た細い腕を神経質そうに擦っている姿は確かに気難しそうだ。

食事は自分でできるので介助の必要はなかったが、何を出しても表情を変えることなく、義務のように口を動かしている。

市原さんの言う「餌食」になったのは、食後のお茶を出した時だった。

目の前に置いた湯呑みを、少し触っただけで無言で突き返してきたのだ。

「うん？　お茶いらないの？」

康介が湯呑みを引き上げようとすると、

「ぬるい」

千代さんは低い声で言った。

「ぬるい？　お茶が？　あのね、あんまり熱いと火傷するかもしれないから、お茶はちょっとぬるめになってるの」

だが千代さんは眉をひそめたまま、「ぬるい」と繰り返す。

「いやだから」言っていることが理解できないのかと、少しだけ苛立った。

「お茶が熱いと湯呑みも熱くなるでしょ？　持つと熱いでしょ？　あんまり感じないかもしれないけど、そうやって長く触ってると低温火傷っていって――」

そこに通りかかった鈴子先輩が「ああ康介くん」と声を掛けてくる。

「千代さん、熱いのじゃないとダメなのよ。少し熱めのに替えてあげて」

「え、でも」

「うん、低温火傷の心配でしょう？　大丈夫、あんまり熱ければ自分で離すから」

「……そうですか」

不満ではあったが、鈴子先輩に言われては仕方がない。

少し熱いお茶を淹れ直して、再び差し出した。

「あんまり熱いと火傷するからね。このぐらいでいいかな」

テーブルに置かれた湯呑みを指先で触った千代さんは、少し不服そうな表情を浮かべたが、しょうがない、という風に自分の方へ引き寄せた。

配膳車から戻って千代さんのことを見ると、さっきと同じ姿勢で湯呑みに手を当てたままだった。しばらく見ていても一向にお茶を飲もうとしない。

「あれじゃあ冷めちゃうじゃないですかねえ」

片付けをしながら市原さんに愚痴った。

「熱いのがいいって言うからそうしたのに、意味分かんない」

「なんかひねくれてんだよ。まあ気にすんな」

市原さんから慰められても、釈然としない思いだった。

食事が済み、自力歩行ができない入居者を部屋まで送るのも康介の役目だ。幸男さんがベッドで横になりたいと言うので、車椅子を押した。もちろん今日も保護帽子をかぶっている。

部屋に戻り、車椅子をベッドの脇に着ける。トランスファーのために肩に手をかけると、

「ああ……」

と幸男さんが頭の方に手をやった。幸男さんは高次脳機能障害があり、言葉がうまく出てこない。

「うん？　何？　帽子？」

幸男さんが肯く。

「帽子、取るの？」

これにも、うん、と肯いた。

分かりました、と帽子を取る。幸男さんが、ベッドのへりにかけたS字フックを指さした。

「ここにかけておくのね」

言われた通りにすると、満足したように肯いた。

幸男さんをベッドに移乗させ、部屋を出る。

もはや頭と一体化しているように見えた保護帽子だったが、部屋に戻るときちんと脱ぎ、決まった場所に置く。食堂やデイルームに出る時だけかぶるのだ。

廊下に出ると寒いのだろうか。いやでも、トイレに行く時にはかぶせてくれとは要求しない。

ただの習慣なのだろうか……。

そう思ったところで、面倒臭くなって考えるのをやめた。市原さんの言うように、「理由などない」のだろう――。

昼食の介助が終わると、ようやく休憩時間になる。更衣室に戻り、ロッカーからスマホを取り出した。

電源を入れると、LINEに新規メッセージが届いている。このみちゃんからか、と思ったが同級生のグループLINEのものだった。

昨夜の写真がアップされていた。

楽しそうにカメラに向かってポーズをとっている集合写真の中に、康介の姿はない。一次会の最後に撮ったのだろう。真ん中に、笑顔でピースをしているミホちゃんがいた。

二次会のカラオケの写真が何枚も続く。そのどこにも康介は写っていない。行っていないから当たり前だ。そう思いながらもやはり寂しかった。

グループLINEを閉じて、「お好み焼き」のアイコンをタップする。このみちゃんからの新しいメッセージはなかった。メッセージ作成画面にして、

〈昨日はごめん〉

そう打ったところで、指が止まった。このみちゃんの言葉が蘇る。

——私がこういう仕事をしているから、自分と釣り合うって思ってるんだよね。

図星だった。確かにそう思っていた。

道ですれ違ったミホちゃんの姿が浮かぶ。

あの時、声すら掛けられなかった。ミホちゃんに彼氏がいなくたって、アタックする勇気など最初からなかった。どうせ自分なんか見向きもされない。自分とミホちゃんが釣り

合うわけはない。俺には、このみちゃんぐらいが似合う――。

――介護の仕事でもやるかなあ。

軽い口調でそう言ったタツヤに、あの時は激しい怒りを覚えた。

でも、怒る資格なんかない。

俺も、同じじゃないか――。

ロッカーを力任せに閉め、更衣室を出た。

階段を上りフロアに出た時、手すりをつたい歩きしている三〇二号室の神崎登志子さんを見かけた。

一時は「拒食」となり心配した登志子さんだったが、あれ以来、少量ではあるが食事をとれるようになり、こうやって一人で歩けるようになるまで回復していた。

ふと見ると、前方のトイレの前にバケツが置かれている。登志子さんは気づかず歩いていく。

康介は、近寄ってバケツを持ち上げた。

「あ、ごめん」

トイレから出てきた白石さんに、康介は、「こんなところに置いておいたら誰かつまずきますよ」とバケツを渡した。

「ちょっとの間じゃない。それに、さすがに避(よ)けるでしょ」

白石さんは笑って背を向けた。

気づかないかもしれないでしょ、目の悪い入居者さんも多いんだから！

喉まで出かかった言葉を、グッと飲み込んだ。

二人の会話など気づかぬように、登志子さんがおぼつかない足取りで手すりをつたい歩きしていく。その姿が廊下の真ん中を歩く職員に比べて一段暗く見えるのは、気のせいではなかった。

次の日は遅番だった。

更衣の時間になり、夜勤の職員と手分けをして全員を着替えさせていく。

千代さんの着替えをしようとしたところで、再び困惑することになった。

服を脱がそうとすると、千代さんは顔を歪(ゆが)めて抵抗し、思うように着替えさせてくれないのだ。

「ちょっと力抜いてよ千代さん。着替えさせにくいじゃない」

それでも千代さんは歯を食いしばり、力を緩めない。強引にするわけにもいかないので少しずつ少しずつ着脱し、他の人の倍以上の時間がかかった。

更衣だけでへとへとになり部屋を出ようとした時、床頭台の上に真新しい湯呑みが置かれているのに気づいた。

「うん？　どうしたのこれ、誰かの差し入れ？」

千代さんは顔をしかめたまま答えない。

こちらも更衣介助を終えた職員が、「ああそれ、千代さんの娘さんが持ってきたんだよ」と教えてくれる。

「チタン製なんだって。それなら表面が熱くならないし、冷めにくいからって」

「へー、千代さん、良かったね」

そう声を掛けても、千代さんは無言のままだった。

翌日の昼食後、康介が皆の湯呑みにお茶を注いで回っていると、千代さんは、いつもの少し欠けた湯呑みを差し出した。

「あれ、新しいのもらったじゃない。使わないの？」

訊いても、黙っていつもの湯呑みを差し出すだけだ。

「これでいいの？　手、熱いでしょ。昨日もらったやつは熱くならないんだって」

しかし千代さんは全くの無反応。仕方なく康介はいつもの湯呑みに熱めのお茶を淹れた。

後片付けをしながら、市原さんに尋ねてみる。

「千代さん、何で新しい湯呑み使わないんでしょう」

「さあ、気に入らないんじゃないか？」

「俺のことが気に入らないのかな……何だかわざと意地悪されてるみたいで……」

「単にひねくれてるだけだよ。着替えの時もわざと逆らうだろう」

「ああ、市原さんにもそうですか」

「誰にもおんなじだよ、意地が悪いの」

自分だけが特別嫌われているわけではないのだ、そう安堵する一方で、それにしてもやっかいな人が入ってきたもんだ、と苦々しい思いが湧いた。

「すみません、財津さんに面会に来た者なんですけれど……」

フロアで呼び止められ、振り返った。品の良い老婦人が二名、立っていた。

「あれ、ゆきお——財津さん、部屋にいませんでした？」

「あ、財津さんのところにはこれから行くんですけど」

老婦人は二人並んでニコニコと話しかけて来る。友人同士なのだろうが、姉妹のように似た雰囲気を持っていた。

「何か」

「財津さんに贈り物をしたいんですけど、規則でいけないとかありますか」

康介が胸の内で『姉』と名付けた方が訊いてくる。

「贈り物……差し入れですか。物にもよるんですけど、生ものとかは」

「あ、そういうんじゃありません。帽子なんです」

『妹』の方が答える。

「ああ帽子。はい、大丈夫です」

「良かった」

二人は安堵したように顔を見合わせた。

「財津さんのお友達ですか」

「ええ、俳句のサークルで一緒で」

「財津さん、長らく会長さんを務めていらしたんです」

「そうなんですか」

「ええ、とってもダンディで素敵な方で」

『妹』が、どこか自慢げに答えた。

「句会の時にはいつも素敵な帽子をかぶっていらっしゃって」

「とてもお洒落な方だったんですよ。なのに今はあんな――」

言いかけて、『姉』は口をつぐんだ。

「でも良かった。失礼しました」

『姉妹』は肩を寄せ合い、何か語らいながら廊下を歩いていった。

康介は、ようやく腑に落ちた。

幸男さんにとってあの保護帽子は、「人前に出るための最低限の身だしなみ」だったのだ。

食事の時はもちろん、ただデイルームに出て行くことだって、幸男さんにとっては「ハレ」の場なのだ。

あの色あせた顎ひも付きの保護帽子は、幸男さんにとって精いっぱいのお洒落だったのだ――。

千代さんが退所する、という話を聞いたのは、その数日後のミーティングでのことだった。

「終の棲家」である特養の場合、「退所」は、多くの場合「亡くなる」ことを意味する。

だが中には持病の治療のため、入院退所（病院に入院するために一時的に退所すること）

をするケースもある。その場合は、数か月以内に戻ってくるケースと、そのまま戻ってこない（病院で亡くなる）場合と様々だった。

「岡村千代さんは、娘さんの希望で、リュウマチ治療のために以前入院していた病院に再入院することになりました」

谷岡さんの説明はあっさりしたものだったが、康介にとっては寝耳に水の話だった。

「リュウマチって、そんなに悪かったんですか」

谷岡さんは何でもないように肯く。「うちでも薬は飲んでたんだけど、かなり悪くなっていたみたい」

ミーティングが終わり、みな席を立った。

「先輩は知ってましたか」隣にいた鈴子先輩に訊く。

「千代さんの退所のこと？　ううん」

「そうじゃなくて、千代さんの状態がそんなに悪かったって」

「うん、知ってはいたんだけど……」

鈴子先輩は、くやしそうな顔で答えた。

「関節もかなり痛んできていて、着替えの時も腕が曲がらなくて痛そうだったものね。血行不良でチアノーゼも出ていて、指先が冷えてつらかったらしい。それで湯呑みで温めてたんだけど……」

「湯呑み？」

意外な言葉が出てきて、思わず問い返す。

「じゃあ、いつも熱いお茶をほしがってたのも……」

「うん、湯呑みで指先を温めてたらしい。この季節でもエアコンが入ってるとどうしても冷たくなっちゃうのよね。千代さん、我慢強くて、痛くてもつらくても口に出さないから。そんなにひどくなってるって、もっと早く気づいてケアしてあげていれば……」

そうだったのか――。

頭をハンマーで殴られたような気がした。


千代さんが退所する日がきた。

康介は、自ら申し出て鈴子先輩と一緒に玄関まで見送りに出た。付き添っていた娘さんらしき女性が、「お世話になりました」と丁寧に頭を下げる。

「頑固な母で、皆さんにもご迷惑をおかけしたんじゃないでしょうか」

「いえ、そんなことないです。こちらこそお役に立てなくて」

恐縮する鈴子先輩の隣で、康介は黙って頭を下げた。

顔を上げると、車椅子に座っている千代さんと目が合った。

眉根を寄せた千代さんの右手が、小さく上がる。その手がゆらゆらと揺れた。

今なら分かる。これは、さようなら、だ。その不自由な手で、自分に別れの挨拶をしてくれているのだ。

「千代さん！」康介は思わず言った。「元気になって、また戻って来てください！」

千代さんの顔が、一瞬歪んだ。

それが「笑み」だと気づいたのは、車椅子の背中がドアの向こうに消えてしまってからだった。

「さ、行くわよ」

鈴子先輩に肩を叩かれたが、康介はまだ千代さんの後ろ姿を追っていた。

千代さんは、頑固でひねくれていたわけじゃなかったのだ。

リュウマチが悪化し、血行不良で冷たくなった指先を、温かいお茶が入った湯呑みで温めていた。

着替えの時抵抗していたように見えたのも、関節が思うように動かないせいだ。入浴の時にストレッチャーにバスタオルをたくさん敷いてくれと言ったのも、そうでもしないと痛くて仕方がなかったのだ。

そんなことも分からず、俺は――。

――熱いのがいいって言うからそうしたのに、意味分かんない。

――力抜いてよ千代さん。着替えさせにくいじゃない。

鈴子先輩は、担当でもないのに千代さんの症状や状態をちゃんと把握していた。

――千代さん、我慢強くて、痛くてもつらくても口に出さないから。

同じ光景を見ながら、自分は、全く違うものを見ていたのだ――。

ようやく踵(きびす)を返し、中に戻った。

普段は職員用の出入り口を利用するので、滅多に通らない一階のロビー。入所希望者なのか、車椅子の老婦人とその娘さんらしき人を谷岡さんが案内している。

玄関ホールに置かれたバカでかい花瓶が目に入った。手入れされた廊下はピカピカに光っている。真正面には、この園のモットーが大きく掲示されていた。

〈自分らしさを生かした生活を支援します。利用者様の幸せが私たちの喜び〉

本当だろうか、と思う。

暗い照明の下、廊下の手すりをつたい歩きしていた登志子さんの姿を思い出す。

みんな、本当にそんな風に思っているのだろうか。

階段で三階まで上がり、重い扉を押し開けてフロアに出た。

デイルームで、数人の入居者がテレビを観ている。

その中に、幸男さんの姿があった。頭には、いつもの色あせた保護帽子ではなく、お洒落な真新しい帽子をかぶっている。その姿は、どこか誇らしげに見えた。

自分が発した言葉が、今頃胸に突き刺さってくる。

――機械的にやってるだけだから。

何であんなことを言ってしまったんだ。

――生身の人間と思ったらやってられないよ。

俺は今まで、何を見てきたんだ……。

康介は、しばしその場で立ちすくんだまま、動くことができなかった。

# 第四話　別れのワルツ

配膳車を押しながらエレベータを降りたところで、階段を上がってきた鈴子先輩に出くわした。

先輩は夜勤か、それにしてもずいぶん早いなと思いながら「おはようございま～す」と挨拶をする。

「おはよー、今日のおやつは何？」

配膳車を覗き込むようにした鈴子先輩が、「マドレーヌか、いいじゃん」とにんまりした。

「でしょ？」

「まほろば園」では、毎日午後三時に「おやつ」が出る。

施設によっては手作りのお菓子や季節ごとのスイーツなどを出すところもあるらしいが、

ここではそこまで凝ったものは出ない。それでも今日は袋入りのマドレーヌだから、歯の悪い（あるいは歯のない）入居者たちにも喜んでもらえるはずだと康介も思っていた。

スタッフルームへと向かおうとした鈴子先輩が、「ああ康介くん」と振り返った。

「日誌読んだけど、ユキさん、最近『失敗』多いんだって？」

「あ、はい」

三〇二号室の江藤ユキさんのことだ。前回の夜勤の時にメモしたものに目を留めてくれたのだろう。

「夜中とか、自分でオムツを取っちゃうんですよね」

「リハパンは試してみたのよね」

リハパンことリハビリパンツは、吸水性のある紙でできていて——早い話がパンツ型のオムツだ。

「はい、リハパンも脱いじゃうんです」

「じゃあ、オムツを逆に当てて、マジックテープ部分が後ろに回るようにしてみて。そうすれば外しにくいから」

「そっか。……あ、じゃあいっそ紐（ひも）付きパジャマのズボンを反対にして、紐を後ろできつく結んじゃいますか」

「んー」鈴子先輩は少し考え、「腰に団子ができちゃうと寝る時気持ち悪いしね、褥瘡(じょくそう)の原因になったりもするからそれはやめよう」と言った。

「ああそうですね。分かりました。『オムツ逆』、早速やってみます」

「よろしく～」

去っていく丸い背中を見送りながら、やっぱ鈴子先輩は違うな、と思う。

今のように時折くれるアドバイスは的確であるだけでなく、常に入居者さんのことを考えたものなのだ。キャリアが違うと言ってしまえばそれまでだけど、他のベテラン職員に訊いたところであれほど丁寧な答えが返ってくるとは思えない。そもそも、康介の小さなメモになど目もくれないだろう。

介護職員にもやっぱり向き不向きがあるんだろうな、と思ってから自問する。

果たして自分は向いているのだろうか――。

食堂に行くと、すでに皆テーブルについていて、日勤リーダーの葛西(かさい)さんがお茶を淹れているところだった。

毎日こうやっておやつを出すのには、実は「一緒に水分を摂ってもらう」というもう一つの目的がある。高齢者は失禁を気にして水分を摂らない人が多く、その結果脱水症になるのが一番怖いのだ。

出がらしのお茶には手をつけずに家族から差し入れされたジュースやコーヒーなどを飲んでいる人もいるが、何でもいいから水分を摂ってもらうことが重要なのだった。

「はーい、今日はマドレーヌですよ〜、これなら惣之助さんも食べられるでしょ」

車椅子に座った三〇五号室の金井惣之助さんにもおやつを渡そうとしたが、惣之助さんはテレビの方を指さし、「あー」と言葉にならぬ声をあげている。

食堂に置かれたテレビには、午後のワイドショウが映っていた。

「違うチャンネルがいいの？　相撲はまだでしょ」

変えてあげようかとリモコンに伸ばした手が、画面にデカデカと映った「高齢者施設で虐待事件」というテロップを見て止まった。

モザイクのかかった建物の映像をバックに、番組の司会者が事件の内容を伝えている。

「……市の有料老人ホームで、三人の入居者が相次いで亡くなった事故について、事情聴取を受けていた三十代の介護職員が『故意に行った』と自供しました。それだけではなく、窃盗や虐待、入浴中の死亡事故にも関与していたもようです。業務上過失致死の疑いで逮捕された介護職員は、『介護の仕事にストレスがたまっていた』という趣旨の供述を……」

「ひでぇな」

やはり手を止めて見ていた葛西さんが口元を歪めた。

「ストレスなんて誰だってあるよなぁ。みんながこんな目で見られたらたまんねぇな」

「そうですよね」康介は相槌を打ち、「うちじゃあこんなことは絶対ないから、安心して、惣之助さん」とマドレーヌを差し出した。

だが惣之助さんはテレビを凝視したままだ。

「惣之助さん、お菓子食べないの？」葛西さんが近づいてくる。「食べないなら俺がもらっちゃうよ」

ふざけて取り上げる真似をすると、「あああ！」惣之助さんは大きな声をあげて摑みかかっていった。

「冗談だよ。惣之助さん、おやつのことになるとマジになるんだから。食い意地張ってんなぁ」

葛西さんがけらけらと笑う。

康介も釣られて笑ったが、惣之助さんの様子を見て笑みが引っ込んだ。

奪い返したマドレーヌを大事そうに抱え、小さく震える手で袋を開けようとしている。

その姿に、胸がちくりと痛んだ。

職員たちは、よくこうやって入居者のことをからかう。

特に葛西さんはそれがひどく、オムツ交換の時など「今日もいっぱいウンコしたなあ」

とわざと大きな声を出したりもする。非難の目を向けられても、「親愛の情のあらわれだよ」と悪びれた様子もない。

そういうもんかな、と康介も思っていた。

でも。

——ストレスなんて誰だってあるよなぁ。みんながこんな目で見られたらたまんねぇな。

そう言う葛西さんだって、いや自分だって——入居者の言動をからかったり面白がったりすることで、日々のストレスを、仕事のうっぷんを晴らしているんじゃないか？

それってもしかしたら……。

テレビ画面に目をやると、ワイドショウはもう別の話題に移っていた。

いや違う。あの容疑者とは全然違う。

自分にそう言い聞かせながら、康介はおやつを配り終えた。

生活指導員の谷岡さんから「呼び出し」を受けたのは、仕事を終えてスタッフルームで日誌を書いている時のことだった。

「大森さん、それ終わったらちょっとミーティングルームまで来て」

谷岡さんはそれだけ言うと、足早に去って行ってしまった。

何だろう……。脇の下から嫌な汗がにじみ出てくる。

何か怒られるようなことをしただろうか。思い当たることは山ほどあった。もはや日誌どころではない。適当に切り上げて、スタッフルームを出た。

大きな不安を抱えてミーティングルームに入ると、谷岡さんの他に鈴子先輩、加えてベテラン看護師の松尾さんまでがいた。

な、何事……。

戦々恐々と身構えた康介に、神妙な顔つきの鈴子先輩が言った。

「三〇三号室の野沢和子さんのことなんだけど」

「和子さんですか？　は、はい」

和子さんは、康介の担当だ。和子さんに何かあったのか。重大なミスでもしたか。

「和子さん、ターミナルに入ることになったの」

「え――」

絶句した。

ターミナルことターミナル・ケアは、「看取り（みと）」とも言い、余命幾ばくもないと医師に診断された入居者さんに、安らかに最期を迎えてもらうための特別ケアのことだ。

一般的に「終の棲家」とされる特養だったが、すべての施設でこの「看取り」が行われているわけではない。常勤看護師がいるか、病院との連絡体制があるか、本人や家族の意思確認がされているか、などの条件がある。

「まほろば園」ではこれらの条件を満たしており、康介が働き始めてからでもすでに数人がここで最期を迎えてはいたが、いずれも直接担当した入居者ではなかった。

初めてのターミナルを経験するとしたら——そんなことを考えては悪いと思いながら——年齢や最近のＱＯＬの状態から見て、ユキさんか惣之助さんかと思っていた。

もちろん和子さんにいくつかの既往歴があることは承知していたし、最近めっきりＡＤＬ（日常生活動作）が低下して食事もあまりとれていないのが気になってはいたが。

まさか、和子さんがターミナルとは……。

「康介くん、ターミナルは初めてよね」

鈴子先輩の問いかけを聞いて、谷岡さんが心配そうな顔を向けてくる。

「は、はい……」

「私もフォローするけど」鈴子先輩は冷静な口調で言った。「担当職員が動揺してしまうと入居者さんにも伝わるから。しっかりしてね」

「は、はい……」

かろうじてそう答えたものの、無理だ、と康介は心の中で叫んだ。

人が死んでいくのを見届けるなんて、その瞬間まで世話しなくちゃいけないなんて――無理！

ここはそういうところなのだと分かっていたはずなのに、「覚悟」など全然できていなかった。

願うのはただ一つ。自分の勤務中に「その時」が来ませんように――。

ターミナルの担当になったといっても、それに専念するわけではない。あくまで日常の業務の一環として行うのだ。勤務のシフトも変わらず、特別な医療ケアもない。それでも担当としてしなければならないことは多かった。

まずは、家族への連絡だ。

登録されている和子さんの「家族」は、長男である良一（りょういち）さんとその奥さんのめぐみさん。遠方に住んでいることもあって面会に来ることはほとんどなく、康介も一度しか会ったことがなかった。電話するのも初めてだ。

家族も、まさかこれほど早くこの時を迎えるとは思っていなかったはずだ。悲嘆にくれる姿を想像すると、気が重かった。

「……そうですか。分かりました」

しかし電話に出ためぐみさんは、義母がターミナルに入ったことを告げられても特に動揺した気配はなかった。

少し拍子抜けしたものの、「今後ですけど……」と、入居時に書いてもらった「ターミナルを迎えるにあたっての同意書」の内容を確認する。

蘇生術を含む延命措置はしないこと、栄養点滴などもせず食事は経口のまま進めること。

「残りの時間は、なるべくご本人が安らげるような環境にしていきたいと思います。和子さん——野沢さんが好きだった衣服などがあったら持ってきてください。あと好きな音楽とか。スマホにダウンロードして持ってきてもらえばイヤホンで聴くとかできると思うので
……」

最後の提案だけはマニュアルにないものだった。といっても鈴子先輩の受け売りだったが。

「とにかく、話しかけてあげて」

初めてのターミナルについてアドバイスを求めた時、鈴子先輩はそう教えてくれた。

「聴覚は最後まで残る、っていうから。意識がある時はもちろんだけど、なくなっても周囲の声は聞こえているっていうし。康介くん得意の『歌』を耳元で歌ってあげてもいいんじゃない？」

「……こういう時にそういう冗談は」

「ごめんごめん」鈴子先輩は苦笑してから、「でも歌はともかく、好きな曲とかを聴かせるのはいいんじゃないかな」と言った。


「音楽ですか……」

　めぐみさんの反応は相変わらず鈍かった。

「ちょっと私には分からないので、主人に伝えておきます」

「明日にでも面会にいらっしゃいますか？」

「急にはちょっと……」少し困ったように答える。「主人と相談して、ご連絡します」

「あの」少し心配になってきて、尋ねてしまう。「『ターミナルに入った』ということの意味は理解されていますよね？」

「ええ、分かってますけど」ムッとしたような声が返ってきた。

「でも今日明日、っていうわけではないですよね？」

「あ、はい。たぶん……」

「なるべく早く行けるようにしますが、基本的にはお任せしていますので、どうぞよろしくお願いいたします」

そう言ってめぐみさんは電話を切った。

「ったく、何なんだよ」

事務室を出た時に思わず悪態をついてしまい、通りかかった市原さんに「ん？　どうした？」と怪訝な顔を向けられてしまった。

「あぃや……和子さんのご家族なんですけどね」

市原さんだったら分かってくれるかと、愚痴ってしまう。

「そりゃ今日明日ってことはないかもしれないけど、家族だったら普通、ターミナルって聞いたら飛んでくるもんじゃないすか？」

「まあなぁ」市原さんは苦笑した。「家族が来てくれないときついよな。職員にだけ押付けられてもなぁ」

その言葉にドキッとした。

意識していなかった自分の気持ちを言い当てられたような気がしたのだ。

すぐに飛んできてくれない家族の冷たさに憤ったのではなく、「看取り」の重圧を少しでも軽くするために早く家族に来てほしい、そう思っていたのかもしれない——。

しかし、翌日はおろか、三日が過ぎても和子さんの家族は来なかった。

いくらなんでも悠長に構え過ぎだ。今度こそ康介は本気で憤った。和子さんだって息子や孫に会いたいはずだ。

家族を来させるためにはどうすればいいか――。

何か家から持ってきてほしいものはないか訊いてみようとして、いや勘のいい和子さんのことだ、「特別扱い」を気づかれてもいけない、と思い直す。少し考えて、何か食べたいものはないか訊くことにした。これならさほど怪しまれないだろう。

和子さんがいる三〇三号室に向かうと、同室の行方ふじ子さんが部屋から出てこようとしていた。

「ふじ子さん、トイレ？　一緒に行こうか？」

立ち止まったふじ子さんがうつろな表情で答える。

「……おうちに帰る」

「おうちか……今はね、事情があっておうちには帰れないんだ。今はここがふじ子さんのおうちみたいなもんなんだよ」

ふじ子さんは首を振った。「ここはおうちじゃない。帰る……お母さんが待ってるから」

「困ったな……」

認知症でもともと徘徊癖のあるふじ子さんだったが、ここのところ健忘がさらに進み、「幼児退行」のような状態になっていた。

あれほど気に掛けていた娘さんのことも分からなくなっている。顔が判別できないというより、自分に娘がいることを忘れてしまっているのだ。

翻(ひるがえ)って最近よく口にするのは、とうに亡くなっている母親や生まれ育った家のことだった。

「ふーこ、おうちに帰る……」

ふじ子さんはそう呟きながら廊下に出て行ってしまう。

「ちょっと、ふじ子さん」

後を追ったところに、鈴子先輩が通りかかった。

「どうしたの?」

「ふじ子さんの、いつものやつです」

鈴子先輩はすぐに理解した。「分かった。私が付き添うから、康介くんはいいわよ」

「でも」

「いいのよ」と部屋の方を見やる。「なるべく和子さんについててあげて」

「すみません」

「じゃあふじ子さん、行きましょうねぇ」

肩に手を添え、ふじ子さんと一緒に歩き出した。

廊下を一周ほどすれば満足するのは康介も分かっていた。もう一度鈴子先輩に向かって頭を下げ、部屋に戻った。

和子さんのベッドに近づく。

目は閉じていたが、寝息は聞こえなかった。

「和子さん、何か食べたいものはないですか?」顔を近づけ、声を掛ける。「最近あまり食べないから、好きなものを差し入れしてもらってもいいって。何でも言ってみてください」

ここのところ反応も乏しくなってきた和子さんだったが、珍しく顔をこちらに向け、口を動かした。

「……うなぎ」

うなぎ――。そうか、確か和子さんが生まれたのは浜松だと聞いていた。

浜名湖はうなぎの名産地だ。生ものの持ち込みは禁止なのだが、ターミナルに限っては看護師の許可さえ得られれば差し入れをしてもらえる。蒲焼きなら問題ないだろう。

康介は、早速家族に電話をしてその件を伝えた。今度は長男の良一さんが出た。

「うなぎ？　そんなもん食べれるんですか？」

疑わし気な口調で良一さんが訊く。

「細かく切れば食べれるかもしれません」

「うなぎねえ……。近所のスーパーのでいいんですよね」

「できれば出身地の浜松のものがいいんじゃないでしょうか。浜名湖産の」

「浜名湖産？　このへんに売ってるのかなぁ」

なおもブツブツ言っていた良一さんだったが、最後には「じゃあ明日にでも持っていきます」と答えた。


翌日、長男一家がようやく現れた。

「おふくろ……」

すっかり痩せてしまった和子さんの姿を見て、さすがに良一さんも胸が詰まったようだった。

ベッドに身を乗り出して母親の手を握る。一方の和子さんの様子にはさほどの変化はなく、今年小学校に上がったばかりという孫の男の子の顔を見ても、芳しい反応はなかった。

家族が面会している間に、良一さんがタッパーに入れて持ってきてくれたうなぎの蒲焼きを厨房に運んだ。

タッパーから取り出して数センチ幅に刻み、適度に加熱して三階に戻る。

「和子さん、良一さんが持ってきてくれた浜名湖産のうなぎですよ！」

ギャッジアップ（ベッドの頭側や足側を上げて角度をつけること）をして、和子さんの上半身を起こす。

「いい匂いでしょ？」

うなぎを載せた皿を顔のそばまで持っていくと、和子さんはうっすらと目を開け、視線だけ皿の方へ送った。

「食べられるかな～」

スプーンに一切れ載せて、口元まで運ぶ。

本当に食べてくれるか半信半疑だったが、和子さんは小さく口を開けた。

「よく噛んでくださいね～」

スプーンを慎重に口の中に差し入れ、うなぎを舌の上に載せる。

スプーンを引き抜くと、和子さんはゆっくりと咀嚼（そしゃく）を始めた。

食べましたね！　と良一さんたちを振り返る。彼らも嬉しそうに肯いた。

和子さんは時間をかけて咀嚼すると、やがてごくりと飲み込んだ。

吸い飲みで水を飲ませてから、「もう一口食べる？」と訊く。

和子さんは首を振った。

「じゃあまた後で食べましょうか」

ゆっくりとベッドを倒し、体位変換用の枕を背中に入れる。

「ねえ、パパ、もう帰ろうよぉ」

息子がぐずりだしたのを機に、長男一家は腰を上げた。康介も廊下まで見送る。

「最近は流動食ばかりでしたから、固形物を食べたのは珍しいんです。ご家族に持ってきてもらって嬉しかったんだと思います」

そう言うと、良一さんたちは目をうるませた。

「また来ます。どうぞよろしくお願いいたします」

何度も頭を下げ、帰って行った。

居室に戻り、和子さんの様子を見る。目は固く閉じられていた。

「うなぎ、おいしかった？」

言葉は返ってこない。

「やっぱり浜名湖産は違うでしょ？」

やはり反応はない。

寝ちゃったか、と立ち上がった時、和子さんの口が動いた。

小さな声だったが、康介の耳にはしっかり届いた。

「……あれは中国産よ」

以前と変わらぬ和子さんの物言いに、思わず吹き出してしまった。

良かった。和子さん、相変わらずだ。まだまだ元気だ――。


部屋から出ると、フロアがざわついていた。

エレベータの辺りで複数の職員が右往左往している。

康介を認めた市原さんが駆け寄ってきた。

「おい、ふじ子さんを見なかったか」

「食堂じゃないんですか」

市原さんは首を振った。「いないんだ。部屋にも戻ってないんだよな」

「ええ？　じゃあトイレじゃないすか」

「どこにもいない」

いつになく切迫した表情で市原さんは答えた。

「どこにもって――」

そこに葛西さんが駆けてくる。

「やっぱりふじ子さん、さっき帰っていった面会人と一緒にエレベータに乗ってっちゃったみたいだ！」

「マジですか！」市原さんが声をあげた。

「俺は下を探すから、市原、お前は念のため四階を見てこい」

「はい」

葛西さんはエレベータのある方へ駆け戻っていった。

「市原さん、これって……」

階段の扉を開けながら、市原さんが言った。

「離設だ、大変なことになったぞ……！」


一階ロビーにも、他の居室フロアにも、いくら探してもふじ子さんの姿は見つからなかった。外に出ていってしまったに違いない。

離設、すなわち脱走。

徘徊癖のある入居者が一人で外に出てしまうと、事故に直結する。

康介にとっては初めての体験だったが、その怖さは研修中から嫌というほど聞かされていた。

すぐに職員による捜索隊を出さなくてはならない。二人一組で、手分けをして近隣を探すのだ。行先や行動パターンに心当たりがある者が選ばれるため、ふじ子さんを担当していた康介も捜索隊の一人として駆り出されることになった。

市原さんとペアを組み、外に出る。

とにかくふじ子さんが立ち寄りそうなところを片っ端から探すことにした。

「やっぱり食いもんだな」

「そうですね……」

ふじ子さんが特に食い意地が張っているとはもう思わなかったが、「外」に出たらまずは施設では食べられないものを、というのは誰もが思うことだろう。

施設から駅に向かう途中にあるラーメン屋、定食屋、パン屋、ケーキ屋、甘味処(どころ)……。目ぼしい店を一軒一軒回って、ふじ子さんの年恰好(としかっこう)を伝え、来なかったか尋ねる。だが、「来てない」「知らない」という答えが返ってくるばかりだった。

駅やバス停は別の班が当たっている。康介たちは念のために駅向こうの商店街にも行ってみることにした。

「でもそんな遠くまで行きますかね……」

ふじ子さんは歩くのも遅い。姿が見えなくなって三十分以上経過しているとはいえ、徒歩で行ける範囲は限られているのではないか。

「いやそれが、結構遠くまで行く場合があるんだよ」

市原さんが、去年経験した離設のケースについて話す。

「脱走して二時間ぐらいしてようやく見つかったんだけど、それまでずっと歩き通しだったみたいで十キロ近く離れた場所で確保されたからな」

「そんな遠くまで……」

「不思議なことに、施設にいる時より歩くの速かったりするんだよなぁ」

「その時もやっぱりエレベータで？」

「ああ、今回と同じように面会人と一緒にエレベータに乗って行っちゃったのを職員が気づかなかったんだな。その前には非常階段から出て行った入居者もいたけどな」

「非常階段？　どうやって？」

「その時も夏でな。網戸になってて、ベランダに出られたんだ」

なるほどそういうことか。

居室からベランダに出る扉にも当然鍵がかかっているのだが、夏などには換気のため網戸になっている場合もある。職員がちょっと目を離した隙に、そこからベランダに出て、非常用の外階段を使って下りたのだ。

「でも、今まではみんな見つかってるんですよね」

「俺が入ってからはな」

　市原さんが気になる言い方をする。

「もっと前には見つからなかったことも？」

「もう十年以上前の話らしいけどな」誰も聞いていないのに、市原さんは声を潜めた。

「全然見つからなくて警察に捜索願出して、数日後に水路に落ちて亡くなっているのが発見されたらしい。冬だったからな。凍死だ」

「水路で凍死……」

「まあそれは特殊なケースだ。大抵はそのへんをウロウロしてる場合がほとんどだから心配すんな」

　市原さんはそう言ったが、今だって残暑とはいえ真夏なみの暑さだった。こんな日中に、体力のない年寄りが外をウロウロしていたらどうなるか……。

「万が一のことがあったらどうなるんですか」

「そりゃ大変だよ。こっちに落ち度がなくても家族から裁判を起こされたら確実に負けるからな。評判も落ちるし賠償も大変だ」

「賠償……？」

「ああ。『施設側は入居者に徘徊癖があることを認識しており、見守る義務があった』って、実際に何千万円も賠償請求された例があるんだ。それが怖いから、結局どこの施設も『閉鎖』せざるを得ない。有料ホームは警備員を配置して『見張ってる』し、警備員を雇う予算のない特養は、その役目をテンキー付きの鉄の扉が担ってるってわけよ」

そういうことなのか――。

康介は改めて、暗証番号を押さないと開かないエレベータと、階段の重い扉のことを思う。

利用者のため。今までそう思ってきたが、本音は施設のため、か。

それでも、事故を防ぐためにはやっぱり「仕方がない」のではないかとも思う。そもそも、そんな風に何でも施設のせいにされるから、「拘束」のような事態が起きるのではないか。

勝手に逃げ出した入居者の事故にまで、介護職員は責任を持たなくてはいけないものなのだろうか……。

考え込んだところに、市原さんの携帯電話が鳴った。

見つかったのか、と期待したが、通話を切った市原さんは首を振った。

「駅にも行ってないらしい。娘さんにも連絡して、警察に行方不明者届を出すことになったそうだ」

「そうですか……」

それが一番いい、と康介も思った。

一刻も早く見つけなければ。ふじ子さんに万が一のことが起こったら。

そこから先のことは、考えたくはなかった。

結局その日、ふじ子さんは見つからなかった。

家にも戻っておらず、娘さんの方で親戚・知人なども当たってもらったが、どこにも現れていないという。こうなったらもう、警察に任せるしかない。

退勤時間になった。ふじ子さんのことも和子さんのことも気になったが、指示外の残業は認められない。

康介はタイムカードを押し、「まほろば園」を出た。「ちょっと飲んでいくか？」という市原さんの誘いも断り、アパートへと戻る。

いろいろあって、くたくただった。

電車に揺られながら、今までだったら、と思う。

今までだったら癒しを求めて途中下車をして、このみちゃんに会いに行っていたが——。

狭い個室の薄暗い灯りの中、壁にもたれていたこのみちゃんの姿が蘇る。

——私がこういう仕事をしているから、自分と釣り合うって思ってるんだよね。

あの日以来、何となく気まずく、もう二か月以上店には行っていなかった。

このみちゃんからはたまにLINEのメッセージが届いていたが、出勤日を知らせる明らかに一斉送信した営業メールで、返信する気にはなれなかった。

このままこのみちゃんとは終わってしまうのだろうか。電車の窓ガラスに映る自分の顔を見ながら胸の内で呟く。

いや、終わりって？　まだ何も始まっていないじゃないか……。

窓に映る顔の向こうには、温かそうな家々の灯りが流れていくのだった。


翌日になっても、ふじ子さんは見つからないままだった。

一体どこへ行ってしまったのか。気がかりではあったが、それ以上に和子さんの容態が心配だった。

昨日うなぎを一口食べたのを最後に、固形物は一切受け付けなくなってしまった。栄養点滴はしないことになっていたのでゼリー食を出していたが、それも食べない。

後は栄養補助ドリンクを飲んでもらうしかない。元々痩せていた和子さんだったが、一層細くなっていくのを見るのはつらかった。

「でもそれ以上につらいのは、和子さんがほとんど口をきいてくれないことなんですよ」

珍しく鈴子先輩と勤務時間が重なったその日、先輩の方から「お昼一緒に食べよう」と誘ってくれ、二人で狭いスタッフルームの中、コンビニ弁当を食べていた。

「それにね、あの目……」

「目？」

「はい。最近は目を閉じていることの方が多いんですけど、たまに足をさすってあげたりすると、うっすら目を開けて、こっちを見るんです。全然和子さんらしくない、弱々しい、縋（すが）るような目で……」

「そう……」鈴子先輩は肯いてから、「あの毒舌が懐かしい？」と小さく笑った。

「康介くん、和子さんには結構きついこと言われてたのにね」

「そうなんですけどね……」

康介も力のない笑みを返す。

最初にターミナルの担当になると聞いた時は、ただ「目の前で人が死ぬ」のが嫌だった。だが今は違う。和子さんが逝きつつあるのが耐えられなかった。だんだん弱っていくのを見るのがつらかった。

「そばにいてあげるのが一番のケアだから」鈴子先輩は優しく言った。「とにかく何か話しかけてあげて」

「そうしてるんですけど、全然反応なくて……本当に聞こえてんのかなあって」

「聞こえてるわよ。和子さん、康介くんの話をきっと聞いてるはずだから。自分のことでも何でもいいから話してあげて」

「はい……」

弁当を食べ終え、三〇三号室に入った。

まだ休憩時間だったが、休んでいる間に和子さんに何かあったら、と落ち着かないのだ。昼食の時間だったから、同室の入居者も出払っている。ふじ子さんのベッドは相変わらず空だ。

和子さんは静かに目を閉じていた。

「和子さん、痛いところはないですか？」

反応はない。

鈴子先輩の教えの通り、何か話しかけようとした。

だが、何でもいいと言われても、特別に話すことなどない。毎日、アパートと職場の往復。同じことの繰り返しだ。

康介は、改めて自分の、面白いことなど何一つない日々のことを思った。

唯一、あるとしたら――。

「俺、好きな人がいるんですよ」

康介は言った。

「いや、いた、って言った方がいいのかな」

こんな話をしていいのか。でも、こんなことしか今の自分にはない。

「誰にも言っちゃダメですよ、その子、風俗の女の子なんです。分かります？　風俗。お金を払ってエッチなことをするところ。そんなところへ行くなんて、軽蔑します？　まあされてもいいや。そういうところにでも行かないと、やってられないんです。どうしてもエッチなことをしたいわけじゃないんです。いやしたいんですけど、それよりその子と一緒にいると楽しいんです。なんだかほんわかした気持ちになるんです」

一体何を言っているのかと自分でも思うが、そのまま話を続けた。

「このみちゃん、っていうんです。もちろん本名じゃありません。芸名、じゃないな、何て言うんだろ、源氏名？　いい名前でしょ。『あなたのお好みのこのみです！』って最初に挨拶してくれた。ＬＩＮＥのアイコンもお好み焼きの写真なんですよ。笑っちゃうでしよ」

そう言って康介は一人で笑った。和子さんは相変わらず目を閉じたまま身じろぎもしない。

「可愛いのはもちろんなんですけどね、優しいんですよ。いやああいうところの女の子だから、みんなに愛想よく、優しくしてるんだって言えばそうなんだろうけど、何て言うかね、俺には分かるんです。このみちゃんは本当に優しいんです。俺にはね、分かるんですよ」

そう、俺には分かる。康介は思った。このみちゃんの本当の優しさが。

だから、俺のいい加減な言葉が許せなかったんだ。俺の言うことなんて適当に流せばよかったのに、そうできなかったんだ。

今だってそうだ。

知らん顔して「会いに来て」とか言えばいいんだ。そうしたら俺はこの前のことなんか忘れてホイホイ会いに行っちゃうのに。

このみちゃんはそういうことができない。それは良くないことだと分かってるから。これ以上「気のある振り」をするのは俺にとって良くないことだと。

それが、このみちゃんの優しさなんだ。

「なのに俺はいい加減なこと言って、このみちゃんを傷つけた。俺がいけないんだ。俺が馬鹿なんだ。振られて当然だよ」

　そう、振られて当然だ。俺は、振られたんだ。

「こんな話聞いてもしょうがないよね……」

　康介は「やめやめ」と顔を上げた。

「なんか音楽でも聴く？　昨日、息子さんが持ってきてくれたんだよ、和子さんが好きだっていう曲。凄いよね、今時カセットテープ。あ、これだ」

　良一さんが持ってきてくれたテープの中から、「これがおふくろの一番好きな曲です」と渡されたものを手にする。

　マジックで「別れのワルツ」と書いてあった。

「和子さんワルツなんて聴くんだ、お洒落だね。誰もいないからちょっと流しちゃおうか」

　テープを年代物の大きなラジカセにセットし、再生ボタンを押した。

　クラシックなど聴いたことのない康介にも聴き覚えのある、ピアノのメロディが流れてきた。

　学校の給食の時間に流れていたような曲だ。

　何かのテレビ番組で、盛装した男女がこういう曲で踊っているのを観たような気もする。

社交ダンスというやつか。

「和子さん、この曲に何か思い出があるの？　若い頃、こういう曲をバックに誰かと踊ったことでもあったのかな……」

甘く切ないピアノの旋律が、静かな部屋の中に響く。

そう、和子さんにだって若い頃があったのだ。

誰だって最初から年寄りだったわけじゃない。輝くような時代があり、淡い恋があった。

いやそれは、死ぬほどつらい恋だったかもしれない。

「なんか、切ない曲だよね……」

別れのワルツか——。このみちゃんの顔が浮かんだ。

もうお別れなんだな……。

目頭が熱くなってくる。

ダメだ、ここで泣いたらまたいつかのように和子さんに叱られてしまう。

そう思いグッと堪えた時、和子さんと目が合った。

いつの間にか目を開け、こちらを見ていた。

「起きてたの？　和子さん……」

和子さんの口が動く。

## コイモドリ
時をかける文学恋愛譚
浜口倫太郎

旅館を営む晴渡家の長男でタイムリープ能力をもつ時生は、女性にすぐ恋をするが、毎回うまくいかず……笑って泣ける、新感覚恋愛物語、開幕！

書き下ろし

913円

## ウェルカム・ホーム！
丸山正樹

特養老人ホーム「まほろば園」での仕事は毎日が謎解きのようだ。けれど僅(わず)かなヒントから推理して答えに辿り着いた時、新米介護士の康介は仕事が少し好きになり……。声なき声を掬(すく)うあたたかな連作短編集。

869円

## さぁ、新しいステージへ！
毎日、ふと思う 帆帆子の日記22
浅見帆帆子

生まれ変わったように自分の視点を変えてみたら、次々願いが形になっていく。息子の成長と周囲で起こる出来事を包み隠さず描いた日記エッセイ。

書き下ろし

825円

## 寂しい生活
稲垣えみ子

原発事故を機に「節電」を始め、遂には冷蔵庫も手放した。アフロえみ子が、生活を小さくしていく中で便利さ・豊かさについて考え、生きるのに本当に必要なことを取り戻す、冒険の物語。

825円

## 8月8日(木)発売予定！

破れ星、流れた　倉本 聰

たんぽぽ球場の決戦　越谷オサム

［新装版］リオ 警視庁強行犯係・樋口顕　今野 敏

怖ガラセ屋サン　澤村伊智

霧をはらう（上・下）　雫井脩介

考えごとしたい旅 フィンランドとシナモンロール　益田ミリ

降格刑事　松嶋智左

残照の頂 続・山女日記　湊かなえ

表示の価格はすべて税込価格です。

幻冬舎 〒151-0051 東京都渋谷区千駄ヶ谷4-9-7 Tel.03-5411-6222 Fax.03-5411-6233
幻冬舎ホームページアドレス https://www.gentosha.co.jp/

# 幻冬舎文庫 7月の新刊

幻冬舎文庫は毎月10日ごろ発売！

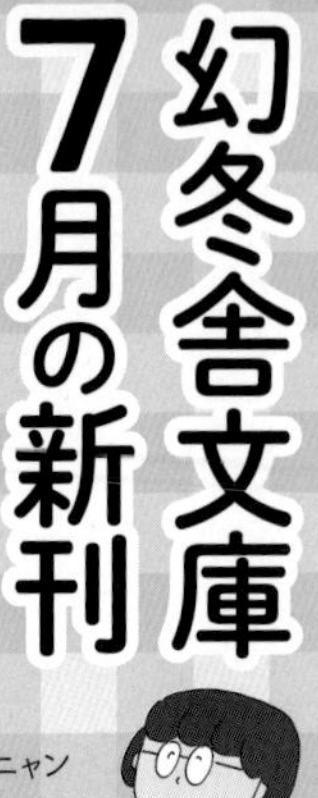


## リボーン
五十嵐貴久

「リカ」は、あなたの中にいる。

いくつもの死体を残し、謎の少女と逃走した雨宮リカを、警視庁は改めて複数の殺人容疑で指名手配した。一連のリカ事件に終止符を打つことはできるのか？「リカ・クロニクル」ついに完結！

オリジナル

693円

## 砂嵐に星屑
一穂ミチ

希望は星屑のように、そこかしこにある。

舞台は大阪のテレビ局。腫れ物扱いの独身女性アナ、ぬるく絶望している非正規AD。一見華やかな世界の裏側で、それぞれの世代に様々な悩みがある。ままならない日々を包み込み、前を向く勇気をくれる物語。

825円

## 神奈川県警「ヲタク」担当 細川春菜7
哀愁のウルトラセブン
鳴神響一

殺人事件の手がかりがいずれもウルトラセブンに関連することから、特撮ヲタクの捜査協力員への面談を重ねる細川春菜。突き止めた犯人像とは？

書き下ろし

693円

## ぼくが生きてる、ふたつの世界
五十嵐大

映画化！

ろうの両親に育てられた「ぼく」は、ふつうに生きたいと逃げるように上京する。そこで自身が「コーダ（聴こえない親に育てられた、聴こえる子ども）」であることを知り――。感動の実話。

693円

何か言っている。

馬鹿だね、と言っているのか。やっぱりあんたはダメだね、と。

いや違う。

「何？」

康介は和子さんの口元に耳を近づけた。

空気が漏れるようなか細い声だったが、康介には何と言っているか分かった。

がんばれ。あきらめるな。

和子さんは、そう言っていた。

「和子さん――」

和子さんの口と目は再び閉じられていた。自分の思い違いだろうか。

いや、間違いない。和子さんは確かに言った。

がんばれ。あきらめるな。

口を開けば嫌味ばかり言っていたのに。励ますようなことなんか一度も言ってくれたことなかったのに。

何で今になって、そんな優しい言葉を掛けるんだよ、和子さん――。

和子さんは寝入ってしまったようだった。

夢の中で誰かとワルツでも踊っているのかもしれない。

その穏やかな寝顔を見ながら、康介は今度こそ涙を堪えられなかった。


「あら大森さん、休憩時間じゃないの」

部屋に入ってきた谷岡さんが怪訝な顔をする。

康介は、泣いていたのを気づかれないように顔を背けながら腰を上げた。

「ちょっと和子さんの様子を見に」

「気持ちは分かるけど、休む時はちゃんと休まないと駄目よ。それも仕事のうちだから」

谷岡さんはそう言いながらふじ子さんのベッド脇のロッカーを開ける。

「ふじ子さん、まだ見つかってないんですよね」

「そうなのよ」谷岡さんは答えてから、「ああ、行方さんも大森さんの担当だったわね」

と言った。

「はい」

「警察が探してくれてるから。きっとすぐ見つかるわよ」

「そうですね……」

念のために、尋ねた。

「今の家の辺りだけじゃなくて、ふじ子さんの生まれた家の方も探してもらってるんですよね」

「探すっていってもねえ」谷岡さんは困惑したように答えた。

「生まれた家はもうないし。近くに身寄りも知り合いも、誰もいないのよ」

そうか、「おうち」はもうないのか……。

ふじ子さんの住まいは都内だが、生まれたのは千葉県だと聞いていた。確か流山(ながれやま)の方ではなかったか。

そこまでたどり着けるはずはないにしても、ふじ子さんが行きたい場所があるとしたら、生まれ育った家ではないかと思っていたが――。

部屋を出ようとして、ふじ子さんのベッドサイドに貼られた習字がはがれているのが目に留まり、貼り直した。

ダイナミックな筆使いで、「米五合」。その隣には、「おかあさん」と書かれた半紙も貼られている。

両方ともに名前も入っていた。

右は、「行方ふじ子」。左は、「あんざいふじこ」。

名前が違っているのは、左が最近書かれたものだからだ。「あんざい」はふじ子さんの旧姓だった。

ふじ子さんは結婚したことも忘れてしまったようで、最近は名前を尋ねても子供の頃に戻ったように――。

――ふーこ、おうちに帰る……。

ハッとした。

「谷岡さん」

「うん？」

「ふじ子さんの件、警察には、『行方ふじ子』で届けてるんですよね？」

「え？」谷岡さんが怪訝な顔を向けて来る。「もちろんそうだけど……」

「念のために『あんざいふじこ』もしくは『あんざいふうこ』でも当たってもらうよう言ってもらえませんか？」

「あんざい？」

康介の視線を追った谷岡さんも、ハッとなった。

「そうか！　分かった、問い合わせし直してみる！」

谷岡さんは、慌てて出て行った。

その日の夕方、ふじ子さんは、無事発見された。

商店街には向かわずに、大通りに出てタクシーを拾っていたのだ。行先を尋ねる運転手に、自分の生家の番地を告げたという。

途中でおかしいと気づいた運転手だったが、親切にも流山まで送ってくれたらしい。その後、交番に届けたのだったが、すぐに施設や娘さんに連絡が行かなかったのは、やはりふじ子さんが「あんざいふうこ」と名乗っていたからだった。

年恰好などの情報は回っていても、名前が違っていてはリストから漏れてしまう。流山市内の病院で保護されていたこともあり、調べ直してもらわなかったら見つかるまでもっと時間がかかっただろう、と谷岡さんは言った。

「とにかく『事故』にならなくて良かった。大森さん、お手柄よ」

喜ぶ谷岡さんに、康介は尋ねた。

「それより、ふじ子さんは元気なんですよね」

「うん、少し衰弱はあるみたいだけど、大丈夫。明日にはこっちに戻ってこられる」

「良かった――」

安堵しながらも、タクシーの運転手の話の中にあった失踪時のふじ子さんの様子に胸が締め付けられる思いだった。

言われた番地まで連れて行ったが、そこにはもちろんふじ子さんの生家はなかった。立派なマンションが建ち、すっかり変わってしまった風景の中、ふじ子さんは長い間立ち尽くしていたという。

その時のふじ子さんの目には、何が映っていたのだろうか——。

翌日、康介は夜勤だった。

申し送りには、「朝から和子さんの呼吸が荒い」とあった。

吸い飲みを口元まで持っていっても、もう飲む力もない。

血圧を測った看護師の松尾さんが、「バイタル低下してるわね」と深刻な表情で言った。

「チアノーゼも出てる。ご家族に連絡した方がいいかもしれない」

「……はい」

覚悟はしていたが、受話器を持つ手が僅(わず)かに震えた。

——担当職員が動揺してしまうと入居者さんにも伝わるから。しっかりしてね。

鈴子先輩の言葉を思い出し、努めて冷静に「最期が近づいている」ことを伝える。

「分かりました。主人に伝え——」言いかけためぐみさんは、「なるべく早く行きます」

とはっきりとした口調で言い直した。

　勤務時間の終わった松尾さんは、「何かあったらいつでも電話ください」と言い残して帰っていった。

　何かあったら、といっても医療措置を施すわけではない。松尾さんに連絡するのは、つまり「その時」だ。

　めぐみさんは、六時頃に一人でやってきた。子供は預けてきたという。仕事が終わってすぐに駆け付けてくれたのだろう、七時過ぎには良一さんも到着した。

「どう？」

　勤務の終わった鈴子先輩も、帰る前に様子を見に来てくれた。

「肩で息するようになってきました」

「そう。……一人で、大丈夫？」

　大丈夫じゃないです。いてください。そう喉まで出かかったが、堪えた。

「大丈夫です」

「うん、しっかりね」

　励ますように康介の肩を叩き、鈴子先輩は帰っていった。

　和子さんの状態はどうあれ、夜勤としての業務はこなさなければならない。

　各部屋を回り、着替えとシーツ交換を終え、三〇三号室に戻ってくる。

静かな部屋に、和子さんの呼吸音だけが響いていた。

手足は青白くなり、段々と冷たくなっていく。良一さんたちが、無言でその手を、足を、さすっていた。

やがて和子さんは、しゃくりあげるような呼吸をするようになった。

康介はそっと部屋から出て、松尾さんの携帯に電話をした。

「呼吸があえぐような感じになっています」

「分かった。すぐに行きます」

再び部屋に戻って和子さんの様子を見る。

薄目を開けてはいたが、その目はもはや何もとらえていない。

「声を掛けてあげてください、反応はなくなっても、皆さんの声は聞こえていますから」

康介の言葉に、良一さんたちは口々に「おふくろ」「お義母（かあ）さん」と声を掛ける。

「今までありがとうな。向こうでおやじと仲良くな」

「いろいろ教えていただきありがとうございました。どうか、ゆっくりしてください」

同室の入居者たちも、ベッドを下りてきていた。

彼女たちにも、何が起きているのか分かるのだろう。和子さんのベッドの近くに集まり、手を合わせている。

和子さんは自分が夜勤の時を選んでくれたのだ。康介はそう思う。

あんなに人の死に向き合うのが嫌だったのに、今はそのことに感謝をしていた。

和子さん、俺、ちゃんと最期まで見届けるからね――。

しばらくして、松尾さんが来た。家族に一礼して、和子さんの脈を測る。

顔を上げると、良一さんたちに言った。

「最後の言葉を掛けてあげてください」

「おふくろ……」

「お義母さん……」

一度、二度、と長い間隔を空けた呼吸があった後、和子さんの息が止まった。

「――ドクターに連絡してきます」

松尾さんが廊下に出た。お別れをする家族の邪魔にならぬよう康介は部屋の隅に移動した。

松尾さんが戻ってきて、

「医師の到着まで少し時間がかかりますので、それまでお体をきれいにしてさしあげてもよろしいでしょうか」

まだ和子さんの手を握っていた良一さんだったが、「お願いします」と頭を下げ、部屋から出て行った。

松尾さんと二人で、「エンゼル・ケア」を行う。

和子さんの体を丁寧に拭き、家から持ってきてもらったお気に入りの服に着替えさせ、最後に薄化粧を施した。

入ってきた良一さんたちが、再び和子さんと対面する。

「おふくろ、きれいにしてもらって良かったな……」

「本当に寝ているよう……」

やがて、医師がやってきた。死亡診断がなされ、葬儀屋が来た。後は彼らに任せるだけだ。

運ばれていく和子さんを、出勤してきた他の職員や入居者たちと見送った。

「ありがとうございました。おかげさまで穏やかに逝かせることができました」

良一さんたちは、深々と頭を下げ、迎えの車に乗り込んだ。

穏やかな最期だった。康介もそう思う。

テレビや映画などで観る臨終の場面とは違った。医師や看護師が頻繁に出入りしたり、電子機器が急変を知らせたり、ということはない。泣き叫ぶ者もいない。

その瞬間は、少しずつ、静かにやってくる。みな、それを受け入れている。

自分たちは、ただそれを見ているしかない。まさに、「看取る」という言葉がふさわしい最期だった。

「お疲れさま」

鈴子先輩に労われた瞬間、抑えていた感情が一気に溢(あふ)れた。

「和子さん……和子さん……死んじゃいました……！」

涙が止まらなかった。

和子さんが見ていたら、「やっぱりあんたはダメね」と言うだろう。「クビよ」と冷たく言い放つだろう。そう思うと、さらに涙が溢れた。

この前まであんなに元気だったのに。憎まれ口をきいていたのに。

こんなに簡単に死んじゃうなんて――。

無言で背中を叩いてくれる鈴子先輩の手が、いつにも増して温かかった。

「今日、新しい入居者がいらっしゃいます」

朝礼ミーティングの最後に、谷岡さんが言った。

ここのところふじ子さんや和子さんのことで頭がいっぱいで、新規の入居者のことを把握していなかった。

「康介くん、下までお迎えに行って」

鈴子先輩に言われ、「はあ」と力なく答える。

一階のロビーに下りると、受付の前で書類を書いている女性の隣に、車椅子に座った老婦人の姿があった。

「え」

立ち止まった康介の声に、老婦人が振り返った。

康介のことを見て、ゆっくりとした動作で手を上げる。

「千代さん……!?」

それは、三か月ほど前に入院退所した岡村千代さんだった。

「千代さん、帰ってきてくれたんだ！」

飛びつかんばかりに駆け寄る康介だったが、千代さんはニコリともしない。

その隣で、娘さんが「またどうぞよろしくお願いいたします」と頭を下げた。

「どうしてもこちらの施設に戻ってきたい、最期はここで迎えたい、って母が言うんです」

そうか、千代さんがここを選んでくれたのか――。

別れもあれば出会いもあり、そして「再会」もある。

この仕事に向いているかどうかは分からない。だけどもうちょっとだけ頑張ってみようかな。

そう思う康介だった。

# 第五話　揺れる康介

長かった一日がようやく終わり、着替えてスタッフルームを出た。

翌日も早番だったが、「一杯飲んでこう」という市原さんの誘いを断れなかった。

それでなくとも連勤を強いられているのに、病欠者が出て完全にオーバーワーク。疲れ切った心と体にとどめを刺したのは、突然スタッフルームに現れた有沢雄一郎施設長からの有り難いお言葉だった。

「人手不足で皆さんにはご迷惑をおかけしています。しかしそれはこちらの事情。利用者さんには関係ありません。利用者さんの笑顔を見れば疲れも吹き飛ぶはずです。利用者さんの笑顔のために、皆さんの力をお貸しください」

……酒でも飲まなきゃやってられない。

「おう、こっちこっち」

いつものせんべろ——千円でベロベロになるまで飲めるほど安い——居酒屋ののれんをくぐると、奥の座敷から見知った顔が手を振ってきた。康介がまだ試用期間だった頃に退職した職員だった。

「え、高木さんも？」

聞いていなかった康介は、戸惑い顔で振り返った。在職時代の高木さんからはちょこちょこいびられていたのを市原さんも知っているはずなのに。

「いいだろ。奢ってくれるっていうし」

回れ右の態勢をとっていた康介だったが、最後の一言で「なら、まいっか」と踵を返す。いくらせんべろとはいっても連日の居酒屋通いでここのところ金欠気味だった。今日も市原さんの財布を当てにしていたのだが、奢ってくれるのならば誰であろうと構わない。

「お久しぶりでーす」

壁に寄りかかってあぐらをかいている高木さんに近づき、腰をかがめて挨拶をする。金主に対してはきわめて低姿勢に接するのが康介のモットーだった。

「おう、大森、まだ辞めてなかったんだな。ここまでもってるとは驚きだよ」

ほとんど空いたジョッキを手に、耳まで真っ赤にした高木さんが見下したように笑う。

「えー、そうですか？　そんなに俺、すぐケツ割りそうでした？」

　メニュー表を眺めながら適当に受け答えをした。

「あ、生ください」とこれは傍らに立っている店員に向かって。

「俺も」市原さんもメニューを見ずに同調する。

「はい、生、二丁！」店員が元気に復唱した。

「正直、三か月もたないと思ってたな。あ、こっち生お代りね」と高木さん。

「はい、生お代り！」

「ポテトサラダと卵焼き」

「唐揚げとほっけ」

「あ、唐揚げ二つにして」

「はい、ポテサラに卵、唐揚げ二つ、ほっけ、了解しました！」

「三か月はひどいんじゃないすか」

　店員が去ったところで康介はようやくメニュー表から顔を離した。

「いや俺も正直そう思ってた」市原さんがまた同調する。

「えー、市原さんまで」口を尖らせる真似をしてから、「ま、俺もそう思ってましたけど」と康介は自虐気味に笑った。

「だろ？　まあ大森がここまでもったことに乾杯だ」

「はい生三丁、お待ち！」

運ばれてきた生ビールを突き合わせ、三人で乾杯をする。

「お疲れ」

「お疲れさまでした！」

いや、マジで疲れた。

生ビールを半分ほど一気に飲み干し、大きく息をつく。

元々ハードな職場ではあったが、特にここ数日はひどかった。

果てしなく続くコールの連打に入浴拒否。家に帰りたいと泣き喚き。入居者同士の喧嘩。とどめはろうべん行為（便をもてあそぶこと）。思い出しても阿鼻叫喚の地獄絵図だった。

確かにいつ辞めてもおかしくはなかった、と思う。

康介が勤め始めてから、高木さんを含め三人の職員が辞めていた。介護業界の離職率は以前ほどは高くないようだが、それでも年間で六人に一人が辞めるという。そのうち、勤めて一年未満で辞める者が四割ほどを占めるらしい。

康介は勤めておよそ九か月――。ここまで「もった」のは、まさに奇跡だ。

「で、どうなんだよ市原」

横柄な口調の高木さんに、市原さんがへつらうように頭を下げる。

「はい、決めました。よろしくお願いします」

「そうか。じゃあ上に言っておくから。来月から来れるよな？」

「そうすね」

「え、ちょっと何の話すか」

と言いながら、「何の話」かもう見当はついていた。

「市原さん、辞めるんですか？　高木さんのところに？」

「……ああ」

市原さんは顔を伏せるようにして肯いた。

高木さんが隣町に新しくできた有料老人ホームに勤めだしたというのは康介も聞いていた。そこに来ないかと誘われたのだ。引き抜き――。

「そんなの困りますよ。このクソ忙しいのに市原さんにまで」

「康介も一緒に来ないか」

「え？」

全力で引き留めてやると思っていたのに、いきなり出ばなをくじかれる。

「康介も一緒にどうかって高木さんに相談してたんだよ」

「え。ええ？」思わず高木さんの方を見た。

「俺は正直大森はどうかなって思ったんだけどな」高木さんがふんぞり返る。「市原が言うには大森も一人前になったっていうし」

俺も一緒に？　有料老人ホームへ？

「条件はうちと比べものにならないぜ。ちょっと見てみ」

市原さんがスマホの画面をこちらに向けた。

【あなたの能力を活かして高齢者を支える。社会に欠かせない大切な仕事】

という大きな文字が目に飛び込んでくる。当の有料老人ホームの求人内容のようだ。

年間給与は四百万スタートで、昇給は年一回保証。完全週休二日、祝日相当休みあり。有休消化率一〇〇％、産休育休あり。残業なしの一日八時間勤務。社保完備。交通費又は近隣居住手当あり。

……現実のものとは思えなかった。

「利用者も手がかからないのばかりだよ」高木さんが言う。「ここだけの話だけどな、うちは入居時に面接してるんだ。問題のありそうな利用者はそこではねるから、優良利用者しかいないってわけ」

そんなことが許されるのか。いや、まさに夢のような施設ではないか。

翻って我が職場は——。

壁になすりつけられた×××の映像が蘇りそうになり、思わず頭を振った。

「大森には今すぐ返事をしろとは言わねえよ」

高木さんがタバコを咥えると、市原さんがすかさずライターを取り出した。

「おう、サンキュ」タバコをひと吸いしてから、「市原と一緒に辞めるのはさすがに問題あるだろうしな」と続ける。

「ま、これから先もこの仕事やっていくつもりがあるんだったら歓迎するから。ゆっくり考えな」

「はあ……」

ビールジョッキを口元に運びながら「考えるまでもない」という声が頭の中にこだまする。

市原さんが今月一杯でやめるとして、ひと月、いやふた月ぐらいずらした方がいいか。二か月後といえば――「まほろば園」に勤めだしてそろそろ一年になる。

大森康介くんね。

ふいにその声が蘇った。

――浦島れいことといいます。鈴の子って書くから、みんなにはすずこって呼ばれてる。まあ鈴っていうより釣り鐘だけど。

研修初日。そう言って鈴子先輩はちょいぽちゃ気味の体を揺らして笑った。

緊張と不安でがちがちになっていた康介は、鈴子先輩のその自虐的自己紹介で一気にリラックスできたのだった。

ふと、思う。

俺が辞めるって言ったら、鈴子先輩、どう思うかな……。


翌日、二日酔いの体を引きずりながら出勤した康介を待っていたのは、朗報中の朗報だった。

退職者の補充がされずきついシフトがずっと続いていたが、ようやく新しい職員が入ってくるというのだ。

しかも！　若い女性！　さらに！　外国人！

「康介くん、いろいろ教えてあげてね」

正式な指導係はもちろん鈴子先輩だが、康介にとっては初めての「後輩」になる。

「はい、もちろんです！　何でも教えちゃいます！」

康介がむやみに張り切ったのは言うまでもない。

「こんにちは。ジェニファーです。よろしくお願いします。出身はフィリピンです」

　翌朝のミーティングの席で対面したのは、浅い褐色の肌にくりくりした目、という期待以上の容姿を持った「新人ちゃん」だった。康介と同い年だという。

「日本語、間違えることもあるかもしれませんが、教えてくださいね」

　そう自己紹介する言葉が全くカタコトではないのも驚きだった。

「ジェニちゃん、日本語上手だねえ。日本に来て何年」

　葛西さんが馴れ馴れしく尋ねる。

「来日したのは半年前ですが、その前にフィリピンの日本語学校で二年、勉強しました」

　なるほど。それでか。

「彼女は、日本がフィリピンやインドネシア、ベトナムなどと結んでいるＥＰＡという制度により、来日しました」

　谷岡さんが、ニヤニヤとジェニファーを眺めている葛西さんにたしなめるような視線を向ける。

「研修を受けた上で介護福祉士候補生として配属されているので、どうぞそのつもりで。皆さん、よろしくお願いします」

　谷岡さんの言葉に、ジェニファーはもう一度「どうぞよろしくお願いします」と深々と頭を下げた。

「イーピーなんとかって、何です？」

ミーティングルームを出ながら市原さんに尋ねたが「俺が知ってるわけないだろ」と予想通りの答えが返ってくる。やはりこういうことは鈴子先輩に訊くしかない。

「ＥＰＡっていうのは『経済連携協定』のことね」

口腔ケアの準備の手を休めず、しかし鈴子先輩は面倒臭がらずに答えてくれた。

「元々は国同士の経済の取引きのことだろうけど、それが人材の交流なんかにも広がってるみたい。お互い仲良くするためにいろいろ協力しましょう、っていうことじゃない」

「はあ」

そんな国同士の取り決めが施設の職員にまで及ぶというのがよく分からない。

「技能実習生とは違うんすか？」

「うーん、実質的には大した違いはないかもしれないけど……介護で技能実習生を受け入れるようになったのは割と最近でしょう？　その前からある制度みたい。資格を取れば在留期間も延長できるから、日本で長く仕事を続けたい人が多いかな」

説明されてもよく分からなかったが、まあ何でも良かった。人手が増えた上に、若く可愛い女の子に「指導」できるのだ。イーピーなんとかという制度には足を向けて寝られない、と感謝する康介だった。

「ジェニちゃん、腰が痛いの、もんでくれる？」

「はいはい、どこが痛いですかー？」

「ゼニちゃん、おしっこ連れてってくれる？」

「うんゼニちゃんじゃないよジェニちゃんだよ」

「はいはい、ちょっと待ってくださいねー」

「ジェニちゃん」

「はい、どうしました」

「あんたじゃないよ、ジェニちゃん」

「ジェニちゃん今手が離せないので。何ですか？」

「何でもないよ！」

ああそうですか、そうですか。

康介はふてくされ気味に部屋を出た。

ジェニファーが入ってから、ずっとこんな調子だった。

彼女が研修を受けたのは日本語だけではなかったらしく、介護の手際は完璧に近く、その上懇切丁寧。おまけに若く可愛いとあって、すぐに入居者さんたちから気に入られ、康介が教えることなど何一つない。

「どっちが先輩か分かんねえな」

市原さんにからかわれ、「どーせ俺なんかね」康介は拗ねるしかなかった。

そんなジェニファーが、ある日、トイレで泣いていた。

もちろん康介は直接それを目撃したわけではない。汚物処理を終え、男性用のトイレから出てきたところで、望月さんというパートのおばちゃんに肩を抱きかかえられるようにして女性用から出てくる彼女に出くわしたのだった。

「うん？　どうかした？」

初めは体の具合でも悪いのかと思ったのだ。

「何でもありません」

首を振ったジェニファーの顔には、泣きはらした跡があった。

「何、どうしたの」

望月さんの方を見ると、小さくため息をついて、「入居者さんにお尻を触られたらしいの」と言う。

「お尻……」

思わずジェニファーの適度に肉付きのいいそれに目がいきそうになり、慌てて視線を戻す。

「誰がそんなこと」

「三〇四号室の鴻森（こうのもり）さん」

「――ああ」

合点がいった。今年八十歳になろうかという鴻森さんは、認知症であるのにもかかわらずなぜか若い女性のことははっきり認識しているらしく、今までもセクハラにあった女性職員が何人もいたと聞いていた。あの人だったらやりかねない。

何と慰めようかと迷っていると、首にかけたPHS端末がコールを鳴らした。

「はい、今行きます」ジェニファーが先にコールに答える。

「大丈夫？」

心配そうな望月さんに、「大丈夫です」と気丈に答え、彼女はコール元の居室へと走っていった。

「大丈夫かしら……」望月さんはまだ心配そうだ。

「まあよくあることですけどね……」

「あたしとかだったら全然へっちゃらだけど。ジェニちゃんこういうの慣れてないし。お国柄の違いもあるしね」

「そうですよね……」

康介もジェニファーのことが心配だったが、再びコールが鳴り、それ以上話を続けているわけにはいかなかった。


ジェニファーの件は、その日のうちに全職員の知るところとなった。

彼女自身は何でもないように振る舞っていたが、いつもの晴れやかな笑顔は消え、入居者の中にも「ジェニちゃんどうしたの？　元気ないねー」と変化に気づく者も現れた。

職員の中での受け取り方は様々だった。

「ボケた爺さんに触られたぐらいでいつまでもメソメソしてんじゃないっつうの」

日勤を終えた康介がスタッフルームで日誌をつけていると、休憩中の葛西さんが、市原さん相手に駄弁っていた。

「冥途の土産にケツぐらい触らせてやれって。減るもんじゃあるまいし。なあ」

「まあ、そうすね」

適当に相槌を打つ市原さんの背後から、咎める声が飛んできた。

「それはちょっとひどいんじゃないですか」

入り口のところに硬い表情で立っていたのは、鈴子先輩だった。

「そういう言い方は、ジェニファーにも鴻森さんにも失礼だと思います」

年齢も経験も葛西さんの方が上だったが、鈴子先輩の口調に臆したところはない。

葛西さんは一瞬ムッとした表情になったが、すぐにいつものへらへらした態度に戻った。

「はいはい、分かりましたよ、すいませんでした」

「鴻森さんは以前も同じようなことがありました。放っておくわけにもいかないので、ご家族に伝えてもらうよう谷岡さんに報告した方がいいんじゃないでしょうか。本当は本人にも謝ってもらいたいところですけど……鴻森さんにそれを求めるのは無理でしょうし」

「そうね、まあいいんじゃないの。じゃあ休憩終わりま〜す」

腰を上げた葛西さんに、鈴子先輩が「私に任せてもらっていいですか」と念を押す。

「どうぞどうぞ」

葛西さんは投げやりに言うと、出て行った。

葛西さんを見送った鈴子先輩は、成り行きを見守っていた康介の方にちらりと視線を送ると、少し照れたような笑みを浮かべた。

「康介くん、もう上がり？　お疲れさまぁ」

「あ、はい」

手を振って出ていく鈴子先輩に続いて、日誌をつけ終えた康介も立ち上がった。

廊下に出たところで、前を歩いていた鈴子先輩に、背後から一人の男性利用者がふらふらっと近寄っていくのが見えた。

「キャッ」

鈴子先輩の口から小さく悲鳴があがった。

追い越しざまに、その男性がお尻を触ったのだ。

「あ、悪ぃ悪ぃ、ちょっとふらついちゃってぇ」

四十代ぐらいの男性は、悪びれた様子もなく、そのまま歩いていった。

「気を付けてくださいよ」

鈴子先輩は今の行為を咎めるというより、男性をいたわるように後ろ姿に声を掛けた。

一方の男性は返事をするわけでもなくふらふらと歩いていく。

ショートステイの利用者で、確か坪井さんといった。

「あれ、絶対わざとだな」

背後にいた市原さんも見ていたようで、小さな声で言う。

「……ですよね」

鈴子先輩は、何でもないように仕事に戻っていた。

ジェニファーのことについてはあんなに真剣に抗議していたのに、自分がお尻を触られたことに対しては何も言わない鈴子先輩の態度が、腑に落ちなかった。

翌日の午後。康介は、リネン室で望月さんと一緒に山積みになったタオルを畳んでいた。

主婦のパートである望月さんは、リネン交換、掃除など雑用限定の週三勤務だが、もう十年以上勤めており、施設の内情には職員以上に詳しかったりする。

ジェニファーのことを訊くいい機会、とばかりにその後の様子を尋ねた。

「そうね、やっぱり元気ないわよね」

望月さんは心配気な表情で答えた。

「お尻を触られたことに対してよりも、『それぐらい我慢しろ』って言われたことがショックだったみたい」

「葛西さんですか」

「他にも、ね」望月さんは含みのある言い方をしてから、

「ジェニちゃん、お国では看護学校を卒業した後に四年制の大学も出てるからね。プライドもあるんじゃないかな」と続けた。

「大学？　マジすか」

思わず大きな声が出た。元々自分なんかよりずっと優秀な人材なんじゃないか。

「出稼ぎ労働者みたいなもんかと思ってたけど、違うんですね」

「本人たちの意識は高いと思うわよ。そんな風に思ってるのはむしろ受け入れ側じゃない？　特に技能実習生の場合は」

「受け入れ側って？」

「介護業界の話じゃないけど、来日する前に言われてたのと全然違う仕事をさせられるとか、給料の未払いとか、めちゃくちゃ残業させるとか、よく聞くからね」

そう言えばテレビで見た記憶があった。

ベトナムかどこかからやってきた実習生たちが、残業代が払われない、日本人の職員から暴力を受けた、などの訴えをしていたニュースだった。

「それで嫌気がさして期間途中でお国に帰っちゃったり、逃げ出したりする実習生も少なくないっていうから」

「……ジェニファー辞めたりしないよね」

「彼女は実習生とはちょっと違うから大丈夫だと思うけど、でも心配よね」

「人気者だからなあ。俺だったらともかく、ジェニファーが辞めたら利用者さんたち悲しむだろうなあ」

「そうね」

「いやいや『俺だったらともかく』ってところは否定してくださいよ」

「あ、そうか。聞き流しちゃった」

「ひでえな」

望月さんはけたけたと笑った。

「でもマジで、ジェニファーみたいに真面目でよく働く子たちがたくさん入ってきたら、俺なんかお役御免だろうなあ」

「そんなこと言ったら、あたしなんか真っ先にクビ切られちゃうわよ」

望月さんが真顔で言う。

「結局、介護現場でもEPAや技能実習生をっていうのは、安く労働力を確保しようってことだからね。建前では技能移転による国際貢献が目的、とか言ってるけど」

やっぱりそうか、と康介は嫌な気持ちになる。

必要があって呼んでおきながら、お国では優秀な人材の彼らを「安い労働力」としてしか見ないなんて……ん？　でもそれって、自分たちだって同じじゃないか？

「利用者さんの笑顔のために」「社会に欠かせない大切な仕事」なんておだてられても、給料が上がるわけでも仕事が楽になるわけでもない。結局自分たちだって「いつでも使い捨てにできる安い労働力」としか見られてないんじゃないか――。

「どした？　ジェニちゃん辞めないかそんなに心配？」

望月さんがからかうように言った。

「いや違いますよ。……それにしても、望月さんはほんといろんなことを知ってますよね」

「まあ長くこの仕事していればね」

ふと、望月さんだったら知っているかもしれない、と思いついた。

「ショートステイの坪井さんっているじゃないですか」

昨日、鈴子先輩のお尻を触った男だ。

「ああ、坪井さん。うん」

「あの人、何者なんですか。あんな若い人が何でうちに？」

康介はショートステイには関わらないため、坪井さんについては何も知らなかった。いくら短期利用とはいえ、あの若さで特養を利用しているのが不思議だったのだ。

「坪井さんはね、脊髄小脳変性症、っていう病気みたい」

「せきずい……なんすか？」

正しく復唱すらできない康介に、望月さんは苦笑して続ける。

「介護保険が適用されるのは、認知症の人だけじゃないっていうのは知ってるわよね」

「はあ、一応習いましたけど……」

介護保険が適用されるのは基本六十五歳以上だが、末期癌（がん）やパーキンソン病、脳血管疾患など十六項目の特定疾病（しっぺい）に該当する人は、四十歳以上なら対象になるのだ。

「脊髄小脳変性症っていうのも特定疾病の一つでね……」

望月さんが詳しく教えてくれる。

小脳や脳幹から脊髄にかけての神経細胞が徐々に破壊、消失していく病気で、悪化すると歩けなくなったり物が摑めなくなったり、言葉を発するのも困難になったりするらしい。最悪の場合、寝たきりになって亡くなることも。比較的若い人に多いという。

「昔、テレビドラマにもなったけど。××が主役で」

望月さんが、以前に高慢な態度でバッシングを受けた若手女優の名前を口にする。

「あ、それ昔観ました。そうか、あれが脊髄なんとか症ですか」

確かにテレビドラマでも、ヒロインは箸がうまく持てない、よく転ぶといった症状から始まり、最後には動けなくなって――。

何度か見かけただけだが、坪井さんは元気そうで、どこが悪いのか分からないぐらいだった。

「それでもあの若さでの利用は特例だけどね」

「完全に浮いてますよね」

そもそもショートステイというのは文字通り短期間の利用で、大抵は数日、長くても一週間ほどの滞在だ。すぐに出て行ってしまうから「お客さん」扱いになり、職員もあまり規則についてうるさいことは言わないのだ。

　利用する側もそういう頭があるのか、中には自由に振る舞うやっかいな利用者がいて、坪井さんもそういう類いだと思っていた。

まさか、そんな大変な病気だったとは——。


その日、仕事終わりに久しぶりに鈴子先輩と飲むことになった。

市原さんと三人でという話だったのだが、少し遅れて駆け付けたいつもの居酒屋に市原さんの姿はなかった。

「いっちゃん、今日はなんか予定があるんだって」

「あ、じゃあ鈴子先輩と二人すか」

「嫌？」

「いえいえ全然」

ぶんぶんと首を振る康介を、鈴子先輩は面白がるように見ている。

研修期間中は二人で飲みに行くこともあったが、最近はもっぱら市原さん込みだったのでサシ飲みは久しぶりのことだった。

「ジェニちゃんの様子は、その後どう？」

注文を済ませた後、鈴子先輩がまず訊いたのはジェニファーのことだった。

「多少元気はないようですけど……」望月さんに聞いたことを踏まえながら、「でも大丈夫じゃないですか」と当たり障りのないことを言う。

「そう。みんなともうまくやってるかしら」

「入居者に関しては全然問題ないでしょう。みんなジェニちゃんジェニちゃんって、俺が行くとがっかりするぐらいだし」

康介が拗ねた振りをすると、「まあそう言わないで」と鈴子先輩は慰めるように肩を叩いた。

「そうは言っても日本の習慣とか文化には慣れないことも多いから、昨日みたいなことが起こった時には助けてあげてね」

「はい、それはまあ」

注文したものが運ばれてきて、乾杯してからそれぞれ箸を伸ばした。

相変わらず鈴子先輩の好物はとんぺい焼きのようだ。

「ショートステイの坪井さんって、大変な病気だったんですね」

一杯目のジョッキを空け、ほろ酔い加減になったところでその件を切り出した。

「あ、うん、まあね」

「でも、施設の決まりは守ってもらわないといけないいんじゃないすか。あんまり甘やかしても」

「うん、まあ、そうなんだけど……」

珍しく鈴子先輩の歯切れが悪い。

「いや鈴子先輩が同情するのも分かりますけどね。ワガママな行動はあの若さで進行性の難病にかかってしまったつらさの裏返し、ってことなのかもしれないですけど」

「どうしたのよ、康介くん、珍しく熱くなっちゃって。まあ飲んで、もっと注文しなよ」

鈴子先輩がまぜっかえすようにメニューを渡してくる。

「いや、鈴子先輩、お尻触られても何も言わなかったじゃないすか。ガツンと言ってやんなきゃ。葛西さんに言ったようにガツンと」

「ああそのこと？　いいのよ私のお尻くらい、ジェニちゃんとは違うから」

「えー、そんなことないですよ、鈴子先輩のお尻も大事です！」

「ありがと。そんなこと言ってくれるの康介くんだけよ」

「そんなことないですって！　お尻先輩の」

「ちょっと誰がお尻先輩よ！」

「ああすいません間違えた」

「康介くん私のことそういう目で見てたんだイヤらしい」

「いやいやマジで言い間違え」

「普段から陰でお尻先輩とか呼んでるんでしょ」

「いやいやないない」

ひとしきり言い合いをすると、「まあとにかくね」と鈴子先輩は声のトーンを落とした。

「坪井さんはまあ、ああいう人だから。あんまり強く言うのもね」

やっぱり同情があるんだな、と思う。分からないでもなかった。

「普段面倒見ている家族が病気かなんかになったんですかね」

坪井さんの「事情」を考える。

短期とはいえ、年寄りばかりの、しかも認知症の人がほとんどの施設に入所するなんて嫌だろうに、それでもあえて利用しなければならないというのは、つまり、何か「ワケあり」に違いない。

「家族、いないのよ」

鈴子先輩は短く答えた。

「え、奥さんとかは」

「これ、絶対に誰にも言っちゃダメよ」

そう念を押してから、鈴子先輩は「ワケ」を話し始めた。

「結婚してたんだけど——今でも一応『している』のか——今、離婚協議中なのよ」

「ああ……」

なるほど。そういうことか。

「一人で生活するのは無理なので、ケアマネが、どこかの施設に入所できるか、あるいは実家のご両親を頼るか、今いろいろ可能性を探ってくれてるみたい。その間だけのショートステイ利用ね」

「実家ってどこなんですか」

「秋田っていったかな」

「でも、坪井さんの親っていったらかなりの年でしょう」

「八十近いみたいね」

「それじゃあ、親が面倒見るっていったって……」

「大変でしょうね」

「なるほどねえ……」

　事情は分かった。確かに同情の余地はある。その一方で、「離婚協議中」というのも納得できる気がした。

「でも奥さんの気持ちもなんか分かる気がしますよ。あの人の面倒見るの、大変そうですもんね」

「まあねぇ」鈴子先輩も苦笑を浮かべながら同調する。

「要は奥さんに愛想をつかされたってことでしょ」

「うーん……」鈴子先輩はこれには肯かなかった。「そう単純なものじゃないんじゃないかな」

「そうなんすか？」

「……私ね、たまに思うことがあるの」

　急にしんみりとした声を出す。

「私は今、仕事で介護をしているけど、身内がおんなじような状況になった時、最後まで介護をまっとうできるかなって」

「身内って、親とか？」

「それか、旦那さん、とか」

「……ああ」

「今しているのは仕事でしょ。お給料ももらえるし、時間も決まってる。オンオフの切り替えができるし、嫌になったら辞めることもできる。身内の場合はそういうわけにはいかないでしょ」

「まあでも愛があれば」

康介は冗談めかしたが、鈴子先輩は「その愛ってやつがね」と考え込む顔になった。

「介護する、される、って関係になったら、もう愛とか恋とか言ってられないんじゃないかな。いやむしろ、恋愛感情を保ちたいなら、介護なんかしない方がいいのかもしれない」

「そういうもんすかね……」

「私も分かんないけどね」鈴子先輩は苦笑してから、「ただ」と言った。

「施設に入れるとか、離れて暮らすとか、それって、単純に愛想をつかすのとは違う場合もあるんじゃないかなあって……そんな風に思ったりね」

確かにそういうこともあるかもしれないけど、と康介は思う。

坪井さんの場合は、やっぱりワガママで奥さんが面倒を見きれなくなったということなんじゃないかな。

だが口にはしなかった。

それより、鈴子先輩の口から「旦那さん」という言葉が出てきたのにドキッとしていた。仕事一筋で普段は全くそういう気配を見せない鈴子先輩でも、やっぱりそういうことを考える時はあるんだ……。

「何だか柄にもないこと言っちゃったね」照れくさそうな笑みを浮かべると、「私も最近お酒に弱くなったのかなあ……今日はもう帰ろうか」

そう言って鈴子先輩は伝票を手に取った。


帰りの電車で、康介は鈴子先輩が言っていたことをぼんやり考えていた。

——身内がおんなじような状況になった時、最後まで介護をまっとうできるかなって。

鈴子先輩がそんな風に考えているとは、意外だった。

もしそんなことになったら、鈴子先輩なら迷うことなく最後まで相手の面倒を見ることを選ぶ。康介にはそう思えるのだったが。

自分だったらどうするだろうか……。

「する側」より「される側」。自分が坪井さんと同じような立場になったら。

重い病気になって、もしその時恋人や奥さんがいたら、その相手に面倒を見てもらいたいと思うだろうか。それとも逆に、好きな相手には世話されたくないと思うだろうか。考えても分からなかった。ただ、その時自分が施設に、たとえば「まほろば園」に入りたいか、と言われたら……。

それは嫌だった。絶対に――。

翌日、康介はジェニファーと同じシフトになり、一緒にシーツ交換をしていた。

「はい、せーの」

息を合わせてシーツを伸ばす。その表情には、以前と変わらぬ明るさが戻っている。もう大丈夫みたいだな。康介がそう安堵した時、突然体がぐらっと揺れた。

「きゃあ！」

ジェニファーがシーツを放し、しゃがみ込む。

「地震……！」

じきに体の揺れはほとんど感じなくなったが、壁にかかった入居者のつくった飾りはまだ微かに揺れていた。

「こわい……」

ジェニファーが立ち上がり、康介にしがみついてくる。

「大丈夫、そんなに大きくないよ」

どぎまぎしながらも彼女の肩に手を回した時には、すでに揺れは完全に止まっていた。

「止まった……？」ジェニファーはハッとしたように体を離す。「ごめんなさい」

「いや、いいよ、怖かったろ」もっとしがみついていてもいいのに、と思いながら答える。

「でも震度2ぐらいじゃないかな。大した地震じゃないよ」

「……皆さん、大丈夫でしょうか」

ジェニファーが辺りを見回す。

康介もその視線を追った。地震だと騒いでいる入居者は一人もいなかった。寝ていたり、あらぬ方向を見つめていたり――いつもと変わった様子はない。

「地震があったのにも気づいてないみたい」

康介は笑ったが、ジェニファーの表情は硬いままだった。

「でも地震、こわいです。フィリピンでは今年、大きな地震があってたくさんの人が亡くなりました。日本でも何年か前に大きな地震がありましたよね」

「ああ……」

数年前にも熊本で大きな地震があったが、やはり思い出すのは「あの震災」のことだ。

東日本大震災──。康介が経験したのは上京して一年目。まだ専門学校に通っていた頃のことだった。

「入居者の皆さんを避難させるのは大変だったでしょうね」

「俺、その頃まだいないから」

「そうですか。……地震が起きたら、どうやって皆さんを避難させるんでしょう」

ジェニファーが心配そうに尋ねる。

「そのへんは避難訓練でちゃんとやってるから。来月あたりにまたあるんじゃないかな」

他の施設と同様、「まほろば園」でも避難訓練は頻繁にやっていて、康介も何度か参加していた。

二か月に一回定期的に行うものは、サイレンを鳴らして連絡の段取りの確認をするのがメインで、後は動ける利用者だけを非常口に集めて終わる、とやや形式的なものだったが、数か月前に体験した年に一度の避難訓練はかなり大掛かりなものだった。

火災が起きた想定で、自力で動けない入居者を中庭まで避難させる練習──もちろん実際に入居者を運ぶのではなく、入居者に扮した職員をタンカで非常階段を使って運んだのだが──もした。

本当に火災や地震が起きた時にはタンカだけでは足りないので、シーツをタンカ代わりにしたり、おんぶしたりして運ぶことになるらしい。動ける人は脱出用の滑り台（シューター）を利用する。康介も入居者役になってシューターから滑り降りたが、結構怖かった。

「こんなに大勢の人を、少ない人数で運ぶのは時間がかかるでしょうね」

入居者たちを眺めながら、ジェニファーはまだ不安そうだった。

「……まあそうだろうね」

その訓練にしても、もちろん「動けない入居者全員を避難させる」シミュレーションまではしていない。実際にどれぐらいの手間と時間がかかるかは、やってみないと分からないのだ。

いや、と康介は思う。

火災や地震が起きた場合、本当に当直の職員だけで入居者を全員避難させられるのだろうか。

もちろんどれだけ時間がかかっても構わないのであればやれないことはないだろう。だが、それでは間に合わないのではないか。

じゃあ入居者が自力で逃げられるのかと言えば……。

以前に起きた、ふじ子さんの離設騒ぎのことを思い出す。

「中の人間が勝手に外に出ていかないようにするため」のテンキー付きの扉やエレベータ。

それはつまり、万が一災害があった場合でも「入居者は自分たちだけでは逃げられない」ことを意味する。脱出は、すべて職員たちにかかっているのだ。

ここで最初の問いに戻る。

火災や地震が起きた場合、本当に当直の職員だけで入居者を全員避難させられるのだろうか。

実際、「あの地震」の時はどうだったんだろう。

市原さんにでも訊いてみようか、と考えてから、いや市原さんもまだあの頃は学生だと気づく。

葛西さんや鈴子先輩だったらすでに勤務していたはずだ……。


「──東日本大震災の時のこと？」

鈴子先輩は、配膳車にトレイをセットする手を休めずに訊き返してきた。

夕食の配膳係で一緒になった時、「入居者の避難」について尋ねてみたのだ。

「はい。鈴子先輩、もうこっちで働いていましたよね？」

「働いてたけど……」

「大変だったでしょうね」

「うん、もちろん……」

鈴子先輩の態度がちょっと変だった。

いつもだったらどんなに忙しくても顔だけはしっかりこちらに向けて答えてくれるのに、さっきから視線も向けてくれない。

「全員避難させたんすか？」

「そうね……」

「どれぐらい時間かかりました？　歩けない人とかはやっぱりタンカで」

「ごめん」康介の質問を途中で遮った。「今はちょっと忙しいの。今度でいいかな。忙しくない時に、ちゃんと答えるから」

「あ、はい、すみません」

謝ったものの、おかしいな、と思った。

仕事中とは言え、比較的余裕のある配膳の時間を選んで切り出したのだ。一度もこちらを見ないことといい、明らかに鈴子先輩らしくない態度だった。

「あの震災」の話はしたくないのだろうか。あの時、何かあったのだろうか……。

スマホがメッセージの着信を知らせたのは、仕事を終えて園を出た時のことだった。

昨日一緒に飲む予定だった市原さんからか、と思ってスマホを見ると、このみちゃんからLINEのメッセージが届いていた。

あの時以来だからほぼ半年振りだ。驚きと嬉しさで「お好み焼き」のアイコンをタップする。

いきなり、〈退店のお知らせ〉という文字が目に飛び込んできた。

〈今までお世話になりました。今月一杯で店を辞めることになりました。良かったらその前に遊びに来てください〉

明らかに一斉送信と分かるメッセージだった。

喜びは一瞬で吹き飛び、スマホを持つ手が震える。

このみちゃんが辞める。もう会えなくなってしまう——。

一度は諦めたはずなのに、猛烈に切なさがこみ上げてくる。

諦めたと言いながら心のどこかで、でも店に行けばいつでも会える、会えば変わらぬ態度で接してくれるはず、という期待があった。

でも、もうその可能性さえついえてしまう——。

亡くなった野沢和子さんから贈られた、最後の言葉を思い出す。

——がんばれ。あきらめるな。

スマホを握る手に、力が蘇った。

一度だけ。もう一度だけ、ぶつかってみようか。

とは言え、店に行く気にはなれなかった。「その他大勢」の客と一緒にお別れを告げる気にはどうしてもなれない。

康介は考えに考え、思い切ってメッセージを送った。

〈康介です。お店辞める前に、一度だけ、外で会いませんか〉

そのメッセージはすぐに「既読」になった。

ドキドキした。今このみちゃんがこの文章を読んでいる。どう思うのだろう。どんな返事がくるのだろう。

返事は中々こなかった。

一日千秋の思い、というのはこのことだろう。アパートに帰るまで、帰ってからも、スマホを片時も手離せない。

明日も早いから寝なければならない。でも寝ている間に返事がきたら。そう思うと眠るのが怖い。それなのに連日の疲れから睡魔は否応なしに襲ってきて、気が付いたら朝だった。

アラームの音に飛び起きる。

止めようとして枕元のスマホを摑むと、小さな灯りが点滅していた。「新着メッセージがあります」の知らせ、そして「お好み焼き」のアイコンが表示されている。

一瞬にして眠気は吹っ飛び、跳ね起きるとアイコンをタップした。

〈いいよ、次の日曜はどう？　私はお休みです〉

あまりにあっさりとした文章で、咄嗟に意味が摑めない。

次の日曜？　お休み？

これはつまり、「デートOK」の返事なのではないか!?

信じられない思いで何度も何度も読み返した。

半年も会っていないというのに、そんなことはみじんも感じさせない文面。

どういうことなのだろう。まさか誰かと間違えてる？

そんなことまで考え心は千々に乱れたが、最終的には、そのままの意味で受け取っていいのでは、という思いに達した。

このみちゃんとデートするなら。

そのことは、何度も夢想していた。考えに考え抜いてすでに場所もプランも出来上がっている。

このみちゃんは以前、堅苦しいところは苦手だと言っていた。食事をするなら大衆的な店がいいのだろう。

かといってどこにでもあるような店では面白くない。ご飯だけ食べて帰るのも味気ない。周囲にいろいろ物珍しいものがあり、それでいてお高くとまっていないところ——。

康介は、何度も打ち直しながら、次のメッセージを完成させた。

〈日曜、俺も公休です。浅草とかはどうですか？　時間があるなら、花やしきで遊んで、お昼は軽くおそばでも食べて、仲見世あたりをぶらぶらして、夕方になったらホッピー通りで飲むっていうコース〉

三十分以上かけてつくった文章だったが、文面だけを見ればこちらもなんてことないものに見える。

もしかしたら、と思う。このみちゃんもまた、一晩かけてあの短い文章を考えてくれたのかもしれない。わざと何気なさを装って。

送ったメッセージが既読になった。そして今度はすぐに返信がきた。

〈いいね！　楽しそう！〉

こうして、このみちゃんとの初めてのデートが決まった。

それから日曜までの間、康介の目には何も映っていなかったといっていい。

いつものように仕事をしてはいたが、頭の中はこのみちゃんとのデートのことで一杯だった。

いつもだったら逃げ出したいほどつらいコールの嵐も鼻が曲がりそうなオムツ交換も灼熱地獄の入浴介助も、全く苦にならないのだった。

「康介くん、何だかここのところご機嫌ね」

さすがに鈴子先輩だけは様子がおかしいことに気づいたようだったが、

「そうすか？　もうすぐ給料日だからかなあ」

平静を装って答えると、首を傾げただけでそれ以上は追及してこなかった。

そして、日曜日が来た。

前夜は中々寝付けなかったことは言うまでもない。頭の中で何度も何度もシミュレーションをした。

悪いことばかりが頭に浮かび、最後にはきまってこのみちゃんから嫌われたり呆れられたりして別れを迎える、というパターンだった。

もう何も考えるな、無心になれ、無だ、無……あまりに無心になったばかりにアラームの音まで無視してしまったようで、目覚めたら出発予定の時間になっていた。

　こんなにハイスピードで動いたことはない、というぐらいの速さで支度をしアパートを出たが、待ち合わせ場所の雷門の前に着いた時には約束の時間を十分も過ぎていた。

　このみちゃんはすでに赤く大きな提灯（ちょうちん）の下に立っていた。

「ごめん！　遅くなって――」

　息も絶え絶えに駆け寄ると、

「ううん、私も今来たとこ」

　ドラマか映画のような台詞が返ってきて、感激のあまりしばしその場に立ち尽くしてしまう。

「どうかした？」

「あいや、何でもない」

　我に返ると、今度は初めて見るこのみちゃんの私服姿に目がくらみそうだった。

　店の制服に比べればもちろん露出は少ないが、可愛さはその数倍、数百倍だった。

「じゃ、行こうか」

　まるでロボットのようにギクシャクした動きで歩き出す。

　右側を歩くこのみちゃんを意識するあまり、自分の右半身がガチガチになっているのが分かる。

「康介くん、浅草、よく来るの」

何でもない言葉だったが、ドキンとして返事ができない。

康介くん？

今までは、このみちゃん、「大森さん」って言っていなかったか？

このみちゃんが質問を繰り返す。「あ、いや」ようやく声が出た。

「この辺り、よく来るの？」

「たまに？　職場が葛飾だし。あ関係ないけど。下町つながり？」

意味のないことを口走ってしまう。

「私も下町、好き」

下町好き、が、康介くん好き、に聞こえてしまう。このみちゃんのすべての言葉を自分にいいようにとらえてしまう。ＬＩＮＥでの返事もまるですでに付き合っているような気さくさだったじゃないか。

そして、何より。

このみちゃんは以前、「お客さんとは外では会わないことにしてるの」と言っていた。

つまり自分は、もう「お客さん」ではなくなったということじゃないのか？

もしかしたら、もしかするんじゃないのだろうか――。

康介の緊張は少しずつほぐれていった。

花やしきでレトロなジェットコースターに乗って歓声をあげ、そば屋でお箸を渡してもらい、伝法院通りを肩を並べて歩いていると、まるで本当の恋人同士のような気分にさえなる。

しかし――。

「こんなの初めて!」

「いいとこ知ってるねぇ、康介くん」

そんな明るい笑顔の中に、無邪気な言葉の奥にあるものを、康介は次第に感じ始めていた。

このみちゃんは、「今まで」のことを一切口にしなかった。そして「これから」のことも。お店を辞める理由も。辞めてからどうするのかも。

「楽しいねぇ、康介くん」

今を精いっぱい楽しもう。そうこのみちゃんは言っていた。今だけを。この瞬間だけを。

デートコースの最後、ホッピー通りの屋台風の店の奥で、牛筋やおでんをアテにすでにホッピーの「中」を何杯もお代りしていた。

飲むほどに頭の奥の方がしんしんと冷えていくような気がする。

一方このみちゃんは陽気に酔っぱらっていた。時には隣のオヤジたちと乾杯したり、トイレに行った帰りに間違って別のテーブルに行ってしまったり。

康介は酔えなかった。さっきから、いつそれを尋ねようかとそればかり気になっていた。

他のことはともかく、やはりこれだけは訊かなければ。

このみちゃんのプライベートの連絡先。

仕事用のものではない、ＬＩＮＥの個人ＩＤ。あるいはメールアドレス――。

九時。店の大きな柱時計の二つの針がきっちり九十度の形になったのを確かめて、康介はこのみちゃんのことを真正面から見て切り出した。

「ねえ、このみちゃん」

「なーに？」

このみちゃんがとろんとした目を向けてくる。

「あのさ」

康介の真剣な表情に気づいたのか、このみちゃんの顔つきも変わった。

「何？」

　その顔を見て、ふいに思い出した。

　――じゃあ大森さんは？

　いつか、デートに応じてくれないのは自分の仕事のせいだろう、としつこく迫った時の、このみちゃんの表情。

　――大森さんは何で私なんか誘うの。

　あの時の、困ったような、少し怒ったような、悲しそうな顔つき。

　康介は、自分の愚かさをはっきりと悟った。

　自分はもう「お客さん」じゃない、なんて思ったその馬鹿さ加減を――。

「このみちゃんの」

　喉まで出かかっていた言葉を寸前で飲み込み、代わりに、訊いた。

「このみちゃんの『本名』、教えてくれないか」

　このみちゃんの表情から、ふっと緊張が解けた。

「……いいよ」

　再びとろんとした表情になり、続けた。

「河野（こうの）みのり」

　河野みのり。その名前を、頭の中で繰り返す。

「みのりはひらがな？」

「うん」

「いい名前だね」

「ありがと」

それで、終わりだった。

「そろそろ出ようか」

「うん」

みのりという名の女の子は、あっさり同意した。

ここまでは全部割り勘にしていたが、ここだけは俺に払わせてと康介が言うと、これにも抵抗せず「分かった」と肯いた。

店を出たところで、立ち止まり、彼女のことを振り返った。

「俺、もうちょっとブラブラしていくから」

「……そう」

「ここで」

「うん」

「じゃあ」

「うん」

康介は、大きく息を吸った。

「元気で」

「……康介くんも」

一つ肯き、康介は踵を返した。

しばらく歩いたところで、足が止まった。

振り返りたい気持ちを必死に抑え、再び歩き出す。

振り向けば、もしかしたらこのみちゃんはまだ見送ってくれているかもしれない。

でも、もう振り向いちゃダメなんだ。

康介は、途中から分かっていた。

これが、最初で最後のデートであることを。

彼女は、康介がもう二度と店には行かないことを分かっていて、今日というお別れの場を設けてくれたのだ。

それが、彼女の最後の優しさなのだ。

連絡先を訊いて、再び彼女を、あの困ったような、少し怒ったような、悲しそうな顔にさせちゃいけない。

それがせめてもの、今まで良くしてくれたことへの恩返しだ。

ありがとう、このみちゃん——。

LINEに〈このみが退出しました〉の文字が浮かんだのは、翌日のことだった。


「康介くん、坪井さんの荷物持ってお見送りしてくれる？」

鈴子先輩から掛けられた声に、「はあ？」と振り返る。

昼食が終わり、片付けをしている時だった。

「坪井さんの荷物って？」

「今日で退所なの」

「ああ……」

そうか、坪井さん、今日までか。

短い間だったがいろいろかき回してくれたよなあ、と苦い思いが湧く。

鈴子先輩のお尻を触っただけでなく、隠れてタバコを吸ったり、若い女性職員にわざとエロ本を見せたりと、完全に「問題児」だった。

「何で鈴子先輩が見送らないんすか」

「あの若いのに送ってもらいたいって、坪井さんのご指名」

「へ？　指名？　何で？」

「知らない」

鈴子先輩は、どこかつれない態度で首を振った。

坪井さんとなんかまともに口をきいたこともないのに、なぜ？

合点がいかないまま、居室にまとめられてあった坪井さんの荷物――といってもさして大きくもないスポーツバッグ一つだけだ――を持って、すでに一階に下りたという坪井さんの後を追った。

「よう」

ロビーの椅子にふんぞり返った坪井さんが手を上げる。

「どうも」

退所おめでとうもないだろう。何と挨拶していいか分からない。

そう言えば、退所後の身の振り方を聞いていなかった。結局この後、どうするのだろう。

「鈴ちゃん、なんか言ってたか」

「鈴ちゃ――浦島さんですか。特に何も申しておりませんでした」

慇懃(いんぎん)無礼に答える。

「そか」坪井さんはさして気にする風もなく、

「鈴ちゃんをひっかけて面倒見てもらおうと思ったんだけど、ダメだったなあ、結構ガード固いな、あれ」

と気安い口調で言った。

やっぱりそういう下心があったんだなこの野郎――。

こんな軽薄でいい加減な男に、いくら重病とはいえ同情する気には全然なれなかった。

ここから出ていってくれて本当にせいせいする。

「鈴ちゃん、彼氏いないみたいだぞ、良かったな」

坪井さんがニヤニヤしながら言った。

「は？」

「は、じゃねえよ、お前にもチャンスがあるってことだよ」

「チャンスって何がすか」

「うん？」坪井さんが怪訝な顔になった。「あんちゃん、鈴ちゃん狙いじゃなかったのか？」

「いやいや」

康介は慌てて首を振った。

「あれ、違うの？」

坪井さんは、「俺のカンも鈍ったな。こりゃ引退もしょうがねえか」と納得いかないように首を振っている。

「まあいいや、じゃあ元気でやれよ」

玄関の方を見て、ゆっくりと立ち上がった。支えようと出した手を遮って、

「またな」

と歩き出す。

その先には、八十歳近いと見える年老いた男女が立っていた。

康介に向かって、深々と頭を下げてくる。康介も慌てて頭を下げた。

坪井さんの両親に違いない。

そうか、坪井さんを受け入れてくれる施設はなかったんだ。結局、秋田の実家に身を寄せることになったのか――。

両親は、近づいてきた坪井さんに両脇から手を差し伸べようとする。

その手を振り払って、坪井さんはゆっくりゆっくりと玄関の外へと出ていった。

ご両親は何度も康介に向かって頭を下げ、その後を追った。

小さな小さな、二人の後ろ姿だった。

翌日は、市原さんの送別会だった。

高木さんに引き抜かれたということはすでに知れ渡っていて、やっかみがあるのか、参加者は少なかった。

絶対参加しないだろうと思った葛西さんが会場の居酒屋で市原さんの隣に陣取り、さかんにビールを注いでいるのは、自分も紹介してもらいたいという腹があるからだろう。明らかに邪険に接している市原さんにめげずにおべっかを使う様子は、いつかの市原さんの姿そのままだった。

「大森も一緒に」という誘いに対しては、昨夜、正式に断っていた。

「ここを辞めるのは、せめて一人前になってからにしようと思って。俺、まだ半人前だし」

二人だけの送別会。いつものせんべろ居酒屋のカウンターで、康介はそう答えた。

「そうか、分かった」

市原さんも、それ以上無理には誘わなかった。

「……でも、本当の理由は違うんだろ？」

「え？」

「鈴子先輩なあ。分かるけど、あの人は無理じゃないかな」

「何の話すか」

「いいよ、いいよ、どうせ辞める人間だ。そんなことに首を突っ込んでもしょうがないしな」

「いやいやいや、意味分かんないし」

「まあいいって。とりあえず頑張れ。気が変わったらいつでも連絡してこいよ」

「はあ……」

目の前では、葛西さんがジェニファーに、市原さんへのお酌を強要して断られていた。全く変わらないなあの人は、と苦笑いが浮かぶ。

「どうしたの、ボウッとして」

声に振り返ると、鈴子先輩のまん丸い顔が目の前にあった。

「いや、何でもないっす」

「彼女のことでも考えてたんでしょう」

鈴子先輩がからかうように笑う。

「え、何のことすか」

「隠してもだめよ。最近の康介くん、浮ついてて見ていられなかったわよ。ああ彼女ができたなって、丸分かり」

「いやいやいや全然、そんなんじゃないす」

「いいのよ、隠さなくたって。良かったね、おめでとう～」

「いやマジで違うから。あ、そう言えば、来月、新しい入居者が来るって聞いたんですけど」

「何話変えちゃってんの」

「いや、マジで訊いておこうと思って。俺が担当になるみたいなんで」

　話題を変えたくて、その話を続けた。

「ちょっと、こんなところで仕事の話？」

「谷岡さんから聞いたんですけど、依田（よだ）さんっていう男の人で。鈴子先輩、知ってます？　奥さんが前、うちに入所してたことがあるって。八年か九年ぐらい前に」

「依田さん？」

　ふいに鈴子先輩の顔が真剣なものになった。

「ええ、知ってます？」

「……たぶん。依田さんの、旦那さんが入所するの？」

「はい。谷岡さんが、そう」

「……そう」

鈴子先輩の顔に、暗い影が差したように見えた。

「どんな人なんですか？」

「さあ」鈴子先輩は首を振った。「私も、美代子さん――奥さんのことは知ってるけど、旦那さんのことはあまり知らないから……」

「そうすか」

「そう、依田さんの……」

鈴子先輩はそう呟きながら、席から離れて行った。

何だろう。やっぱり「ワケあり」の人なのだろうか。

それにしても、と康介は思う。

時期は違うとはいえ、夫婦そろって同じ施設に入所するとは……。

奥さんの方は、「まほろば園」でターミナルを迎えたという。旦那さんも、自分の最期は同じところでという思いで入所を希望したのだろうか――。

そう言えば、と思い出した。

依田さんの奥さんが入所していたのは八年か九年ほど前のことだという。

ということは、「あの震災」があった時、園にいたんじゃないのだろうか。

「今度、忙しくない時に」と言われたきりそのままになっていた震災の時のこと、鈴子先輩からちゃんと聞かなきゃな。

康介はそう思いながらビールを呷(あお)った。

その機会がこの後、意外な形でやってくることなど、この時は思いもしないのだった——。

# 第六話　とりあえずのトリアージ

その日、康介はいつもより少しだけ緊張した朝を迎えていた。

「そう言えば今日だったよな、新規入居者。依田さんっていったっけ」

トイレで一緒になった先輩職員の赤堀(あかほり)さんが、鏡越しに軽い調子で話しかけてくる。

「はい。依田実(みのる)さん、八十歳。要介護度4、主たる介護者なし、です」

「あ、そう」

訊いてもいないことまで答える康介に怪訝そうな表情を浮かべてから、赤堀さんは「まあ頑張れ」とトイレから出て行った。

そう、今日は康介が新たに担当となる、依田実さんが入所してくる日なのだ。

「大丈夫、ぬかりない」

鏡に向かって自分に言い聞かせると、康介は書類一式を綴じこんだファイルを手にトイレから出た。

担当に決まったその日から、個人ファイルを読み込み、依田さんのことはすべて把握しているつもりだった。

重度の認知症。子供はなく、奥さんには先立たれている。身寄りは埼玉に住む四十歳になる姪御（めいご）さんだけで、入所にあたっては彼女が後見人となっていた。

有名なメーカーの技術職で定年まで勤め上げ、その後も嘱託（しょくたく）で七十歳まで働いていたらしい。趣味は週に一回、デイサービスに通って予防運動代わりの太極拳を習うことだったが、足が弱ってからは家に閉じこもり気味だったという。

既往歴は、三年前に初期の胃癌。手術経験あり。

亡くなった奥さん――美代子さんも、以前「まほろば園」に入所していた。期間は二〇一〇年春から二〇一一年の夏。園で看取られている。

今まで担当になった入居者は何人もいたが、依田さんが他の人と違うのは、初めて康介がケアプランから任された入居者である、ということだった。

「全体のサービス計画表をつくるのはケアマネさんの仕事だけど、その計画表も施設でアセスメントを行って作成するケアプランが基になるから」

まだ研修中だった頃、鈴子先輩からそう教えてもらった。

分析・評価と訳されるアセスメントは、施設の場合、看護師・生活指導員・リハビリ担当者・栄養士・介護担当者が一堂に会し、対象者が抱える問題点やどんな支援が必要かを話し合う場を意味する。

介護担当者である康介の役目は、各担当者の評価をまとめて問題点をあげ、それに従って長期目標と短期目標を設定すること、さらに具体的なサービス内容を考えることだ。それができたところでサービス担当者会議を再度開き、修正すべきところは修正して、最終的にケアマネージャーに確認してもらう。

大丈夫、ぬかりない——。

康介はポロシャツの襟を正し、ミーティングルームのドアを開けた。

「依田さんは後見人の姪御さんと一緒に十時に入所します。準備はいいですね」

ミーティングの最後に生活指導員の谷岡さんが、康介と看護師の松尾さんに向かって言った。

「はい」「はい」

松尾さんと同じ返事をしたのに、谷岡さんは康介にだけ、メガネの奥から「本当に大丈夫？」というような視線を送ってくる。

「大丈夫です、ぬかりありません」

康介は胸を張って答えた。

トイレは誘導。ふらつきありで、普段は歩行器使用。しかし時々歩行器を忘れ独歩することあり。危険認知曖昧。短期記憶に難あり。コレステロール値に注意。——完璧だ。

「体重計は準備してある？」隣から松尾さんが訊いてくる。

「体重計？」

「手続きを終えてバイタル測る時に、体重も測るから部屋に用意しておいてって」

「あ、忘れてました！」

慌てて立ち上がる姿に、谷岡さんが横を向いて小さくため息をつくのが分かった。

ミーティングを終えると、すぐに用具室に向かった。

体重計を抱え、依田さんが入居する三〇五号室に先乗りする。

ついでに、部屋にいた入居者たちに「今日から新しい人が入りますから。よろしくお願いしますね」と伝えた。

「どんな奴だ」

ほとんど関心を示さない同室者たちの中にあって、井村克夫さんだけが興味津々な顔つきで訊いてくる。

「いい人みたいですよ。仲良くしてくださいね」

「ふん」井村さんが鼻を鳴らした。「会ってもないのにいい人なんて何で分かるんだ」

「いやそれは――」

何か言い返そうと思った時、「依田さん、いらっしゃいましたぁ」

廊下から声が聞こえて、「はい！」と部屋から飛び出す。

谷岡さん、そして婭御さんと思われる女性に付き添われ、老年の男性がエレベータを降りて歩いてくるところだった。

頭は総白髪で、顔はやや土色。右手に杖、左手を婭御さんにとられて歩いている姿は、実年齢よりも老けて見えた。

「大森さん、部屋にご案内して」

「はい！」誘導しようと前へ出る。

依田さんがうつろな顔をこちらに向けた。

「あ、担当を務めます大森こう――」

「自己紹介は後」

谷岡さんにピシャリと言われ、思わず肩をすくめる。その様子を、婭御さんが不安そうな顔つきで見ていた。

部屋に案内するとまずは松尾さんが血圧を測る。

その間に、康介は姪御さん相手に持ち物の確認をした。必要なものはあらかじめ伝えてあったが、揃(そろ)っていないものは後日持ってきてもらうか、あるいはこちらで購入するか——。

「そちらで購入してください」姪御さんは即座に答えた。「私、次いつ来れるか分かりませんので」

「……分かりました」

康介は、手にしたチェックリストに、「購入」の印をつける。

「必要でないものはお持ち帰りいただくんですけど、厚手のコートが何着もありましたが、二着もあれば十分なので……」

「寒くなるのはこれからだし、あって困るものでもないでしょ」

「個々の収納スペースも限られていますので……」

「じゃあそっちで処分していただけません？」

高級そうなコートを「処分」というのに驚きながら、「いやそういうわけには……」と首を振る。

「はぁー、分かりました」

露骨に面倒臭そうな顔をする姪御さんを見て、彼女が「名前だけ」の後見人であることが分かった。

今後何か相談することがあっても、おそらく「お任せします」の一言が返ってくるだけだろう。面会に来ることも滅多にないに違いない。

「バイタル異常ありません」

松尾さんが血圧計を片づけ、書類に数値を書き込む。

「じゃあ大森さん、後はよろしくね」

谷岡さんがこちらに向き直った。

「はい！」

いよいよここからが康介の出番だ。

「あ、私ももういいですか」

姪御さんもそそくさと腰を上げる。

「じゃあ、あちらで同意書の記入だけお願いします」

皆が出ていき、居室には入居者さんだけが残った。

井村さんが、品定めするような視線を向けてくるのが視界の端に映る。

康介は、改めて依田さんに見やすいよう名札を向け、「担当になる、お・お・も・り・

こ・う・す・け、といいます」

大きく口を開き、ゆっくりと告げる。

「依田実さん、よろしくお願いしますね」

依田さんは康介の顔を見つめると、口の端を僅かに上げた。

大人しそうな入居者さんだな。康介はそう思った。これなら問題なさそうだな、と。

その時はまだ、依田さんのことを何も分かっていなかったのだ——。


「だから、——はあるって言ってるでしょう!」

居室から出た途端、デイルームの方から大きな声が耳に飛び込んでくる。

共用テーブルとテレビが置かれたスペースを覗くと、四十代ぐらいのスーツを着た男性が、携帯電話に向かって「大丈夫ですから、信用してくださいよ」と声をあげていた。

「すみません、ここでは携帯電話はご遠慮ください」

康介が声を掛けると、男性はムッとしたようにこちらを一瞥(いちべつ)し、「後でかけ直します」と電話を切った。そして、康介に会釈することさえなくエレベータの方へ向かった。

男性の姿が消えてから、ああ、と思い出した。三〇五号室の小出文吾さんの息子だ。

すぐに分からなかったのも無理はない。この息子さんも滅多に面会に来ない家族の一人だった。

　面会に来るなんて珍しい、何か用事でもあったのだろうかと思いながら仕事に戻ろうとした時、そばにいた江藤ユキさんが康介の袖を掴んだ。

「タンポポ」

「うん？」

「タンポポ咲いたの？」

「タンポポ？」

　今はほとんど視力を失ってしまったユキさんだったが、若い頃から花が大好きだったという。それにしてもずいぶん季節外れのことを口にする。

「タンポポは今の時期は咲かないよねえ、ごめんねえ」

　そう答えたが、ユキさんは納得できないように首を傾げていた。

「騒ぎ」が持ち上がったのは、翌日のことだった。

　騒動の主は、文吾さんだ。

「けんりしょって……家の権利書のこと？」

　康介は、目の前の文吾さんの口から発せられた単語を、自分の聞き間違えではないかと尋ね返す。

「そうだ、ここに入れておいたうちの権利書がないんだ、お前盗ったな！」

文吾さんは、普段は床頭台の中に仕舞ってある小ぶりのバッグを手に、鬼のような形相で康介のことを睨んでいた。

またいつものが始まったか、とげんなりした。

「あのねえ、文吾さん」

刺激しないように注意しながら、言い聞かせる。

「ここに入所する時に、持ち物の確認したよねえ。その時のリストに、『家の権利書』なんて記載はなかったんだけど。第一、そんな大事なもの、ここに持ち込んだらいけないんだよ」

「盗られるといけないから隠してあったんだ。ここに、ジッパーがあるだろ！」

文吾さんはそう言ってバッグを開いて見せる。

確かに中にファスナー付きのポケットがあり、さほど大きくない書類であれば入りそうではある。

「そういうところもね、全部確認するんだよ」

「いや、検査の時は見つからなかった。『やっぱりこいつら間抜けだな』って思ったからな、間違いない」

間抜け――担当した職員が誰だったかは知らないが、ずいぶんな言われようだ。

「文吾さんの勘違いじゃないかなぁ。もう一度思い出してみて」

「勘違いじゃない。ここにあったんだ。わしはちょくちょく確認してるからな。一昨日までは間違いなくあった！　誰かが盗ったんだ！」


文吾さんの「権利書」の件は、その日の申し送りでももちろん伝えられた。

だが本気にする職員は誰もいなかった。文吾さんが何かがなくなったと騒ぎ、お前が盗ったな、と職員に詰め寄るのはいつものことだったから。

「それにしても権利書とはまた、突拍子もないことを言い出したもんだな」

葛西さんが面白がるように言う。

「でもこんなのは初めてですよね。俺も前に時計を盗んだろうって迫られましたけど」

「認知が進むと金のことにこだわるようになるからな。そのうち金庫がなくなったとか言い出すんじゃないか」

そう言って葛西さんは大きな口を開けて笑う。

康介は笑えなかった。

確かに、認知症による妄想・妄言の中には、お金がらみのことが少なくなかった。

良くも悪くもお金のことを心配する必要などもうないのに、自分の所持金の残高や支払い金について気にする入居者は多い。

と言っても、入居者は自分で金銭管理をすることはできない。施設の利用料はもちろん、こちらで立て替えた日用品代に関しても、身内や後見人が管理する金融機関の口座から引き落とされる。

本人は自分の財産がいくらあり、自由に使えるお金がどれぐらい残っているのか、把握することはほとんどないのだ。

今まで何十年も働いて貯めたはずの「自分のお金」なのに——。

そう思うと、康介は彼らのことが少し不憫になるのだった。


翌日になっても、文吾さんの態度は変わらなかった。

康介を見るたびに「権利書を返せ！」と凄んでくる。

いつものこととは言え、このまま放っておいていいのだろうか——。

「もしかしたら、本当にあのバッグに権利書が入っていたのかもしれませんよ」

康介は、久しぶりに同じシフトになった鈴子先輩とペアを組んでシーツ交換をしながら、そう言った。

「うーん、可能性としてはなくはないけど……誰かが盗ったっていうのはねぇ」

「文吾さんはちょくちょく確認してたっていうから、中から取り出していたこともあるんじゃないすかね。そういう時にそのへんに置きっぱなしにしちゃったとか。盗んだって言うと人聞きが悪いですけど、それを誰かが間違って、たとえば自分の物と思い込んで仕舞いこんじゃったとか……」

「絶対ないとは言えないけど……」

「さっきなんか、『ここには泥棒がいる。警察を呼べ！』って言って俺を掴んで放さないんですよ。それでなくても俺、今は依田さんのケアのことで頭がいっぱいなのに」

「困るわよねえ……じゃあ一度、息子さんに訊いてみたら？」

「息子さん？」

「うん。権利書は家にあるわけでしょ。持ってきてもらったら文吾さんも納得するでしょ」

確かにその通りだ。康介は、そのアドバイスをすぐに実行に移すことにした。

「権利書？」

電話の向こうから、呆れたような声が返ってきた。

「そうなんですよ、バッグに隠して持ち込んだ、それがなくなったって聞かなくて」

「またいつものやつですか。すみませんねえ」

言葉ほどは悪いと思っていない口調で、文吾さんの息子は言った。

「いや我々は別にいいんですけど、いくら言っても本人が聞かないもので。大変お手数なんですが、一度持ってきて、本人に見せてもらえないでしょうか」

「権利書を？　施設に？」

息子さんの声色が変わった。

「ええ、すみませんが」

「何でそんなことをしなきゃいけないんですか！」怒気を含んだ声が返ってくる。「貴重品ですよ、そんなホイホイ持ち歩けるわけないでしょう」

「それはそうですけど……」

「こんなことでいちいち電話してこないでくれよ、こっちは忙しいんだから！」

「あ、いえでも」

電話は一方的に切られてしまった。

「……何なんだよ、そんなに怒らなくてもいいだろう」

「文吾さんの息子さん？　何だって？」

気にしてくれていたのか、電話を切った康介に鈴子先輩が近寄って来る。

「それがけんもほろろで、ていうか怒られちゃいましたよ」

「怒る？　何で？」

「さあ。変な人ですよね。権利書持ってきてくれっていうだけで何であんなに怒るんだか」

「……何だか怪しいわね」

鈴子先輩の眉間に、小さなしわが寄った。

「本当に権利書、家にあるのかしら」

「……どういうことすか？」

「ううん、ちょっとね……この前、文吾さんの息子さん、珍しく面会に来てたでしょう？」

「ええ」

「文吾さんが権利書がなくなったって騒ぎだしたの、その翌日じゃなかったかしら……ちょっと気になるのよね」

「と、いうと……」

「康介くんが言うように、文吾さんが本当に権利書をバッグに隠していたとして……」

「息子さんが、それを？」

「まさか、だけどね」

「何で権利書なんかを？」

「分かんないけど、よく借金の担保に権利書を預けるとかって話聞くじゃない。もしかしたら、って」

「借金の担保……」

その時、何かが引っかかった。

タンポ。最近、その言葉を聞いたことがなかったか？

それも、文吾さんの息子さんがらみで。

——タンポポ咲いたの？

ハッと思い出した。

「そうだ、ユキさんだ！」

「うん？」

「この前、ユキさんが突然、『タンポポ咲いたの？』って訊いてきたんですよ。いくら何でもこの時期に変だなって思ったんすけど、あの時、そばで文吾さんの息子さんが大きな声で電話してたんです！　何とかはあるから大丈夫とか、信用してくださいとか」

「信用してください……タンポポ……」

「『タンポはある』って言ったんすよ！　きっと借金の電話だったんだ。その言葉に反応してユキさんがタンポポって！　あの日、権利書を担保にしようと持ち出したんだ」

「あり得るわね……」

「どうしましょう」

「何とかして息子さんに権利書の現物を持ってきてもらわなきゃね……」

康介は、再び鈴子先輩と策を練った。


文吾さんの息子がやってきたのは、三日後のことだった。

「持ってきましたよ」

康介、そして文吾さんの前で、バッグからB5サイズの茶封筒を取り出すと、その中からやや黄ばんだ一通の書類を引っ張り出した。

「登記済権利証」と大きく書かれ、横に「小出文吾様」と記されてあった。

自宅の権利書に間違いない。

「これで分かったでしょう」

苦虫を噛みつぶしたような顔で息子が言う。

康介は文吾さんに向かって言った。

「文吾さん、これ、権利書で間違いないでしょう？　息子さんがちゃんと家で保管してるって」

「……そうか。分かった」

あんなに「盗られた」「バッグに隠してあった」と主張していたのに、不思議なくらい素直に文吾さんは引き下がった。

息子は権利書を封筒に入れると、再びバッグに仕舞う。

「じゃあ、持ち帰りますよ。ちゃんと私が保管していますので」

「はい。お手数をおかけして申し訳ありませんでした」

「全くですよ、警察に知らせるとか何とか、何でそんな大げさなことになるんですか」

権利書を持ってきてもらえなければ、「盗難」として警察に届けなければならない。

鈴子先輩のアドバイスを受け、康介は息子にそう伝えたのだ。

「ボケた年寄りのたわごとを真に受けてどうするんです」

「決まりなのですみません。これからもお願いします」

「これから？」息子が気色ばんだ。「どういうことです」

「また文吾さんが同じようなことを言ったら、お手数ですがまた持ってきて見せてくださいね」

息子は一瞬目を剝いたが、諦めたように一つ息を吐くと、

「……分かりました」

苦り切った顔で答えた。

用事が済むと、息子はそそくさと帰っていった。

「良かったね、文吾さん」

そう声を掛けたが、文吾さんは素知らぬ顔でベッドに戻っていく。

さっきの態度といい、どうも妙だった。

ふと、疑念が湧いた。

文吾さんは、息子さんが権利書を担保に借金しようとしていたことを知っていたのではないか？

それで一芝居打って、この騒ぎを起こした……。

文吾さんの様子をもう一度見やる。

「ここにあったわしのドライヤーがない！」

床頭台を開けた文吾さんが、凄い形相で隣のベッドの金井惣之助さんのことを睨んでいた。

「お前、盗ったな！」

惣之助さんはあらぬ方を向いてまるで応えない。

「お前か！」

今度は財津幸男さんに食って掛かる。いつもの文吾さんだった。

考えすぎかな……。

康介は、自分に矛先が向けられないうちにと、退散した。


文吾さんの一件は落着したが、他にもあるといけないという生活指導員の谷岡さんの指示で、全入居者の私物チェックをすることになった。

職員が手分けして空いている時間に行うことになり、康介はまずは三〇五号室の入居者の持ち物を確認した。

「この施設はプライバシーってもんがねえのか」

井村さんの悪態を「はいはい、すみませんね、エロ本とか出てきても黙認しますんで」と聞き流し、チェックを進める。

井村さんに続き幸男さん、惣之助さん、當間英輔さん……と問題なく進み、後は依田さんだけとなった。

ついこの間の入所時に確認済みだったが、念のために唯一の荷物である古びたボストンバッグを開ける。下着、シャツ、靴下、ハンカチ、タオル……本当に必要最低限のものしか入っていない。

問題なし、と終えようとした時、底の近くにファスナー付きポケットがあるのに気づいた。

文吾さんのバッグにあったものよりはかなり小さく、見逃してしまうところだった。

入居時にはここまでチェックしていなかったな、と思いながら開けてみる。

「ん？」

中に、一通の封筒があった。

ポケットから出し、手に取ってみる。手紙にしては分厚い。日記帳かメモ帳か……封はしていなかったので、中身を見た。

すぐに何であるかは分かった。

預金通帳だ。

通帳の持ち込みはもちろん禁止されているが、まれに、もう使っていない通帳をお守りのように持ち歩く入居者がいる。その類いだろうかと取り出し、開いてみて――息を呑んだ。

定期預金が二つ。両方ともゼロがいくつも並んでいる。

ヒャク？　いや違う、イッセン――。

その時、通帳が手から消えた。

驚いて振り返ると、康介からひったくった通帳を手に、依田さんが立っていた。

「依田さん、それ――」

通帳を手にしたまま、依田さんがニタッと笑った。

み・た・な。

そう、言っていた。

依田さんの通帳は、すぐに谷岡さんの元へ届けられた。中を開いた谷岡さんの顔色も変わっていた。

康介が見た限り、「済」の押印はなかった。現在も有効のものだ。

だとすると――。

「『隠し資産』ってことになるわね」

休憩時間にその件について話すと、鈴子先輩はそう言って眉をひそめた。

「前にもそういうことがあったの。入所してから『隠し資産』が見つかって面倒なことになったのよね」

「面倒って、利用料金のことすか？」

施設の利用料は、入居者の収入・資産によって変動する。依田さんが入居している三〇五号室はいわゆる大部屋で、個室に比べればもちろん料金は安い。

康介は依田さんの個人ファイルも見て知っているが、年金収入から算出される「段階」も一番低いランクだった。しかし他に資産があるとなればランクも上がる。

「園の利用料金もなんだけど、家族の中で揉めちゃって大変だったみたい」

「ああ、なるほど……」

隠し資産ということは、施設に対してだけでなく、家族にも隠していたということだ。それは揉めるだろう。

あの姪御さんも、この通帳については知らなかったんじゃないか。入所の時、終始冷淡だった姪御さんの顔を思い浮かべる。

知っていたらあんな態度はとらないに違いない。なにせ、唯一の身内——遺産相続人なのだから。

もしかしたら、と思う。

それが嫌で依田さんは資産を隠したんじゃないのか？　あの冷たい姪御さんに遺産をす

べて持っていかれるのが嫌で――。

「どうかした？」

鈴子先輩が怪訝な顔を向けていた。

「いや……依田さんって本当に認知症なのかな、なんて思ったりして」

「どういうこと？」

「資産を隠したっていうことは、少なくともその時には正常な判断能力があったってことですよね。それに、俺から通帳を奪い取った時の依田さんの顔……」

「顔？」

通帳を奪い取り、康介に向かってニタッと笑ったあの表情。

み・た・な――。

「全然『認知症』なんて感じじゃなかったんすよね」

「うーん」鈴子先輩は少し考えるような仕草を見せてから、「『まだら認知』っていうのもあるけどね」と言った。

「まだら……？」

「うん、時間帯によって症状がひどかったり、そうかと思えば突然我に返ったように話が理解できるようになったり。そういうのを『まだら認知』っていうのよ。記憶はかなり壊されてるのに、たまに判断力や理解力が普通の人と同じようにあるケース」

「へえ、そういう人もいるんですか」

「文吾さんなんかそういうタイプね」

「そうか。じゃあやっぱり文吾さん……」

文吾さんは、息子の所業を知って一芝居打ったのかもしれない。

「でも」鈴子先輩が続ける。『まだら認知』は文吾さんみたいな脳血管性認知症の特徴だって言われてるから。依田さんには当てはまらないかな」

「そうなんすか……」

それでも康介の脳裏には、あの時の依田さんの表情が焼き付いて離れなかった。

「ところで康介くん、明日公休よね」

鈴子先輩が急に話題を変えた。

「ああ、はい」

「私もなんだけど、今日終わったら久しぶりに飲む？」

「お、いいっすね」

「じゃそうしよう。康介くんからの宿題にもまだ答えてないしね」

「宿題？」

「『あの震災』の時のこと」

覚えていてくれたのか――。

「今度忙しくない時にね」と言われてからその機会がなく、康介も気になってはいたのだが、こちらからは言い出しにくかったのだ。

鈴子先輩、ちゃんと覚えていてくれたんだ。

そのことも、そして久しぶりに二人で飲めることも嬉しかった。

だが、その機会はまた先延ばしになってしまった。

その日、仕事を終え約束の居酒屋に向かおうとした康介のスマホに、一本の着信があったのだ。

滅多にかかってくることなどない、郷里の姉からの電話だった。

佐久平(さくだいら)駅で新幹線「あさま」から小海(こうみ)線へと乗り換え、小諸(こもろ)駅で降りる。

アパートを出てからほぼ三時間。病院へはバスで行く手もあったが、本数が少ないことを知っている康介は迷わずタクシー乗り場へ向かった。

お前、何日か仕事休めんか。

昨日、ほぼ一年振りに掛かってきた姉の電話での第一声が、それだった。

「は!?」

園を出たところで電話を取った康介は、思わず素っ頓狂な声を出してしまった。

「急じゃ無理か。明日も仕事かい」

答えも聞かずに姉が早口で続ける。

「何で。何かあったの」

姉の電話はいつもこうだ。順を追って話すということがないから困惑する。

「いや母ちゃんが脚の骨折って入院してな。とりあえずわたしが今そばについてるんだけど。明後日(あさって)手術で会社の方もそうそう休めんにどうしたもんかと」

「手術？　ちょっと入院って、いつ」

「三日前」

「何でそん時言わないの」

「いやお前も忙しいかと思って」

ようやく事情が分かってきた。

「そりゃ忙しいけど……で何、手が足らんの」

詳しく訊けば、怪我はいわゆる大腿骨(だいたいこつ)骨折でさほど重傷ではないようだが、手術後しばらくは身の回りの世話に誰かつく必要があるらしい。

今は地元のＪＡで働く姉（三十五歳・夫と五歳の子供あり）がとりあえず仕事を休み子供の世話を夫に任せ、病院に日参しているらしいのだが、さすがにそう長くは休めない。タクシー運転手の傍ら農業も営んでいる父が代わると言っているらしいのだが、その父もひと月前に椎間板ヘルニアをやってしまい、実はまだ仕事にも復帰できていない状況で、切羽詰まって康介のところに電話をしてきた。——そういうことだった。

「明日はたまたま休みだけど、日帰りっていうわけにもいかないだろ」

姉に、「ちょっと上の人に訊いてみる」と答えて電話を切った。

さて、どうするか。

親が死んだとかならともかく、怪我で入院したぐらいではたして急に休みをとれるものなのか。

そう思いながらも、この二年ほどは正月すら帰省しておらず、普段全く実家のことを顧みることのない身としては、たまに助けを求められた時ぐらいは協力したい、という気持ちもあった。

あの姉が電話してくるぐらいだからよほど困っているのだろう。

とりあえず鈴子先輩に、約束のキャンセルを伝えがてら相談してみることにした。

「それは大変……」

鈴子先輩は思った以上に親身になってくれた。

「明後日以降のシフトの変更は何とかなると思う。私から言っておくからとりあえず帰ったら」

「じゃあお願いします。俺からももちろん連絡しますけど」

鈴子先輩が力になってくれるのは心強かった。とは言え、今から行っても実家に着くのは夜中になってしまう。翌日一番の「あさま」で行くことにして、アパートに戻った。

そして一夜明けた今、タクシーで母が入院する総合病院へと向かっているのだった。

「あらあんた来たの！」

こちらは、病室に入って目が合った時の母の第一声。

ベッドの上、寝間着姿で片足をワイヤーのようなもので固定されている様子は痛々しくはあったが、声は元気そのもの、いつもの母のそれだった。

「母ちゃんそんな言い方しないの。わたしが呼んだんよ」姉がフォローする。

「ああそうだったかい」

「なんだ全然元気そうじゃんか」

康介も憎まれ口を返し、姉の差し出した丸椅子に腰を下ろした。

実際、母の容態自体はさほど心配いらないようだった。手術の後、リハビリをすればひと月ぐらいで退院できるだろう、ということだった。

「そりゃ良かったけど、ちゃんとリハビリしなきゃダメだよ」

康介は、もっともらしい口調で言い聞かせた。

「俺のいる施設でも、昨日まで元気に歩いていた人が大腿骨骨折がキッカケで寝たきりになっちゃったとか、よくあるから」

「あんたんとこの爺さん婆さんと一緒にしないでくれや。母ちゃんまだ若いんだから！」

「まあそうだけど……」

母はいくつだったかな、と考える。

康介は遅めの子だったから、今年で六十五か。確かに「まほろば園」の入居者たちに比べれば若かったが、それでももうそんなになるのか、とちょっと驚いた。

その後、担当医や看護師からも話を聞いた。

症状や今後の見通しの説明を聞きながら、不明な点を確認する。

「骨粗しょう症はないんですよね？」

「リハビリはこちらで？　専門病院に転院ですか？」

「在宅復帰した時にはやっぱり家の中に手すりとか必要ですか」

ひととおり話を聞き、診察室を出ると、同行していた姉が目を丸くしていた。

「いや〜驚いた。あんたいつの間にそんなに賢くなったの」

「賢くって」思わず苦笑する。「必要なことを訊いただけだけど」

「いや〜あんたももう一人前の介護士だ。初めてあんたのことが頼もしく見えたわ」

「初めては余計だろ」

言い返しはしたが、悪い気はしなかった。姉に尊敬の眼差し（まなざし）で見られるのは確かに初めてかもしれない。

姉は、病室に戻ってもその話を繰り返した。

「この子ももう一人前の介護士だわ。これから母ちゃんに何かあっても任せられる。わたしは安心したわ」

「へ〜、そうかい」

母も嬉しそうだった。

「任せられても困るけど。俺も向こうで仕事あるし」

「そうそうあんた仕事大丈夫なんか」母が心配そうな顔になる。「手術終わったら帰っていいから」

「いや二、三日いられることになったから。姉ちゃんも忙しいみたいだし、しばらく交代で顔出すよ」

鈴子先輩が早速シフトを組み直してくれたらしく、さっき、「こっちは大丈夫。いられるだけいてあげて」というメールが来たところだった。

「康介もそう言ってるから。母ちゃんもたまには息子に甘えな」

「そうかい？」母は申し訳なさそうな顔で答えてから、しみじみと呟いた。

「そうかい、康介が一人前にねえ……」

母の手術は無事終わり、数日後にはもう歩行訓練が始まった。

経過も順調なようで、もう康介がいてもやるべきことはなかった。

「じゃあ、また何かあったら連絡するから！」

姉に見送られ、康介は新宿行きの高速バスに乗りこんだ。帰りは少しでも安くあげようと深夜バスにしたのだ。

いらないというのに野菜や果物などの土産をたっぷり持たされ、窓の向こうから手を振る姉に、康介も振り返す。父も見送りに来ると言ったが、姉が「父ちゃんはまだ無理せん方がいい」と止めたのだ。

バスがゆっくりと発車した。手を振る姉の姿が遠ざかっていく。

母だけでなく、久しぶりに対面した父もめっきり老けこんでいた。椎間板ヘルニアのせいで動きがぎこちないというのもあるのだろうが、どこから見てももうすっかり「お爺ちゃん」だ。ヘルニアが治ったからといって、またバリバリ働くことができるとは思えなかった。

いつの間にかそういう年になったんだな……。

シートに身を沈め、ふと、いつか鈴子先輩が言っていた言葉を思い出す。

――私は今、仕事で介護をしているけど、身内がおんなじような状況になった時、最後まで介護をまっとうできるかなって。

坪井さんという、やっかいなショートステイの利用者について話していた時のことだった。

――今しているのは仕事でしょ。お給料ももらえるし、時間も決まってる。オンオフの切り替えができるし、嫌になったら辞めることもできる。身内の場合はそういうわけにはいかないでしょ。

あの時の身内は「配偶者」のことを指していたが、「親」の場合だって同じだ。

もし親が寝たきりや認知症になってその面倒を見ることになったとしたら、それはここ数日の「世話」とは全く次元が異なるものになる。

いつかテレビでどこかの政治家が「親の介護体験」について得々と語っていたのを見たことがあったが、よく聞けば外出の付き添いや施設通所の送迎をしているだけの話だった。

そんなものは介護とは言わない。

介護というのは、汚れたオムツを替えることだ。夜中でも二時間ごとに起きて体位変換をすることだ。風呂に入れて、陰部も含めた全身を洗うことだ。宿便が出ない時、座薬で刺激してからお尻の穴に指を突っ込んで石のようにカチカチになったクソを掻き出すことだ。

俺は、自分の親にそういうことができるだろうか――。

翌日、康介はほぼ一週間振りに「まほろば園」に出勤した。

「ようやく帰ってきたか！　お前が休んで大変だったぞ！」

会った瞬間、赤堀さんにどやされる。

「事情は聞いたけど、しわ寄せがくるのはこっちだからな。今度は俺が休むからな」

チクチク嫌味を言ってきたのは、葛西さん。

康介の担当をカバーしてくれたのは主に白石さんだったようで、

「依田さんのことだけど、散歩の『声掛け』は一応したけど、反応なくて……あと、口腔ケアの時ガーグル使うんだっけ？　よく分からなくて……」

　と申し訳なさそうな顔で報告してくれた。

「ホントすみませんでした、助かりました」

「やっぱり担当者じゃないと分からないこともあるからね。ちょっと困っちゃった。帰ってきてくれて良かったわよ」

　白石さんの安堵した顔を見て、康介は「感激」していた。

　俺、必要とされている……。

　白石さんはもちろん、どやしてきた赤堀さんも、嫌味たらたらの葛西さんだって、「康介がいなくて困った」のだ。自分が帰ってきて助かったのだ。

　たぶん生まれて初めて、自分が誰かに「必要とされている」ことを、康介は実感したのだった。

　鈴子先輩とは、その夜に居酒屋で向かい合った。

「お帰りなさい」

　鈴子先輩がいたわるような笑顔を向けてくる。

　お帰りなさい。

今かけられたばかりのその言葉が頭の中でリフレインする。

その度に胸の奥が、いや体中が温かいもので満たされる気がした。

皆への土産とは別に買ってきた小諸名産の生蕎麦セットを渡し、田舎での出来事をひととおり話した。

「当たり前だけど、親もどんどん年をとっていくものねえ……」

「ですよねえ」

相槌を打ちながら、そう言えば鈴子先輩の「家族」について一度も聞いたことがないことに思い当たった。

アパートで一人暮らしというのは知っているから、実家は都内ではないのだろう。親のこととか訊いてみようかな、と思った時、

「じゃあ、私も約束果たすね」鈴子先輩が切り出した。

約束。「あの震災」のことだ。

「はい」

康介は居住まいを正した。

「あの震災があったのは、私が『まほろば園』に勤め始めて一年も経たない頃だった……」

鈴子先輩は、当時のことを思い出すようにゆっくりとした口調で話し始めた。

私は日勤で、おやつの準備をしている時だったの。そう、三時前ね。

エレベータから出たところで、突然体が揺れて――最初何が起こったのか分からなかった。配膳車にしがみついて揺れが収まるのを待ったけど、すごい長く続いたでしょう？入居者さんが心配で、壁をつたいながら居室の方に行ったの。

揺れはようやく収まっていたけど、みんなパニックになってた。ううん、みんなってことはないわね。中には平然としている人もいた。何が起こったか分からなかったのかもしれない。デイルームにいた人には「テーブルの下に！」と叫んで、部屋を出てこようとする人には、「部屋にいて、そのまま！　大丈夫だから！」と声を掛けた。日勤リーダーはもう辞めちゃった大垣さんという人だったけど、おろおろしちゃって何の指示も出せなくて、各人がそれぞれの判断で動くしかなかった。

「私、防災グッズ取りに行くから、鈴ちゃんテレビつけて！　状況確かめて！」

もう一人の日勤だった宇津木さんという先輩にそう言われて、とりあえずデイルームに行ってテレビをつけた。分かったのは、東北が震源だってことと、都内は震度5ぐらいだってことだけ。火は使っていなかったけど、とりあえず全部の電気機器のプラグを抜いた。

用具室から防災頭巾を抱えて戻ってきた宇津木さんと手分けして、動ける人は全員デイルームに集めて、点呼をとった。具合が悪くなった人はとりあえずいないみたいで、安心した。そこに、どこかに行っていた大垣さんが戻って来て、

「全員、中庭に退避させろって」

と青い顔で言った。

本部の指示を仰いでいたんでしょう。だけど、全員退避？　歩けないどころかほとんど動けない人もいるのに、たったの三人で？　どう考えたって無理だったけど、他の階だって事情は同じだから助けを呼ぶわけにもいかない。——やるしかない。

もちろんエレベータは使えない。まず、大垣さんが先導して、歩ける人たちを階段を使って下まで誘導することになった。大垣さんたちが下りて行った後に、私と宇津木さんは歩けない人を車椅子に移して、とりあえず非常階段の前まで連れて行った。そこからは、二人で何とかして運ぶしかない。

どんなに軽い人でも、おぶって階段を下りるのは無理だった。訓練でやったようにシーツをタンカ代わりに一人一人運ぶことにした。時間はかかるけどしょうがない。

高江(たかえ)さんっていう、重度の認知症で自力歩行ができない人をまず運ぶことになって、宇津木さんと二人で非常階段を下りた。それでなくても階段幅は狭くて、段差も急でしょ？

そこを不安定なシーツに乗せて人を運ぶのは至難の業だった。でもあんまりのんびりもしてられない、上にはまだ何人も待っている人がいるんだもの。

それなのに、階段はすぐに行き止まりになっちゃったの。とっくに下に下りてると思ってた歩ける入居者さんたちが、階段の途中にたまっちゃってたのよ。どうしたんだろうと思って、とりあえず高江さんを床に下ろして先頭まで行った。踊り場に大垣さんがいて、その前をまだ二階の人たちが階段を使って下りているところだった。

これは計算外だった。二階は、症状が軽い人たちが多いでしょう？　もうとっくに避難してると思ったんだけど、甘かった。しょうがない。高江さんと宇津木さんのところに戻ろうとした時、また揺れたの！

そう、二回目の揺れ。不意打ちだったから、思わず叫んじゃったわよ。一回目の時より、二回目の方が怖かった。もうこのまま建物ごと崩れるんじゃないかと思ったぐらい。

みんなも同じだったのでしょう。もうワーワーキャーキャー、パニックよ。

「早く逃げて！　つぶれるかも！」

前の方から誰かが叫ぶ声が聞こえた。走る元気のある人は前の人を押しのけるように階段を駆け下りて行った。大垣さんも。私は、周囲の入居者さんに「落ち着いて、大丈夫だから！」って声を掛けるしかなかった。それ以外、本当にどうしようもなかったの。

何分ぐらい続いたのかしらね。二、三分ぐらいだったのかもしれないけど、もう何十分にも感じた。もしかしたらこのまま揺れが止まらないのかもって思った時にようやく収まって。それからしばらく様子を見てから、みんなを下まで誘導した。一人で逃げた大垣さんもバツの悪そうな顔で戻って来て、手の空いた二階の職員も手伝ってくれて、動けない人も全員下まで下ろして、中庭に退避させた。

全員退避させるまで、一時間以上かかったと思う。もうくたくた。でも、私たち以上に、入居者さんたちは疲れただろうし、怖かったでしょうね。その後容態が悪化した人もたくさんいたから。

あんな風に無理して下まで下ろさなければならなかったのか、今でも分からない。あんなに時間がかかってしまったら、万が一火災が起きたりしたら、全員助からなかったでしょうね……。

鈴子先輩は、最後に沈痛な面持ちで言った。

「トリアージってあるでしょう？　災害が起こった時に怪我の程度とか緊急度で、治療の優先順位を決めるやつ。あれの本質は、『まず助かる人を優先する』っていうことよね。あの時、非常階段でまずは歩ける人たちを先に下ろそうと決めた時、私たちは無意識にそういう選別をしていたんだと思う。一人で逃げて行った大垣さんのことを責められない。本当に火や水が迫ってきたら、私だって入居者さんを置いて逃げたかもしれないもの……」

　数日が経っても、その話は康介の胸の奥に澱（おり）のように沈殿したままだった。鈴子先輩が言うように、全員無事だったのは都内の震度が東北地方に比べ小さかったからだ。倒壊もなく、火災も起きなかったからだ。

　もし次、もっと大きな地震が起こったら。

　その時はどうなるのだろう。もしその時自分が、勤務で三階にいたとしたら――。

「噂」について耳にしたのは、そんな頃だった。

「大移動？」

　スタッフルームで休憩している時だった。

　赤堀さんが「望月さんから聞いたんだけどな」と声を潜めた。

「三階の重度の入居者を、四階の軽度の入居者と入れ替えるって」

「それってつまり」康介も赤堀さんにならって声を潜める。「重度の人たちを四階に集めってことですか？」

「そういうことになるな」

赤堀さんは苦い顔で肯いた。

寝耳に水だった。

事情通の望月さんの言うことであれば信憑性はある。しかし、いくら何でも職員に黙ってそんな計画は進めないだろう。

「明日ぐらいに正式に発表があるんじゃないかって」

康介の疑念を察したのだろう、赤堀さんが言った。

そしてそれは、現実のものとなった。

翌朝のミーティングの席で、谷岡さんが全員に告げたのだ。

「先月、四階の特浴がリニューアルされたのは知ってますよね。特浴を利用するレベルの入居者さんは居室も四階の方がいいだろうということで、四階の軽度の入居者さんと部屋の入れ替えを行います」

特浴とは、寝台浴ともいい、寝たきりの人がストレッチャーで横になったまま入浴できる浴室のことだ。

確かに三階の入居者さんで特浴を利用する人は多く、いつもはエレベータで移動しているる。同じ階にあった方が便利なのは事実だった。

「それに」谷岡さんが続けた。「動線も効率的になるし、何より同レベルの人たちを集めた方がケアの質が向上する、というのが有沢施設長のご意見です」

職員たちはみな、沈黙していた。

全員が当惑していたのは間違いない。

移動の理由は分からないではなかった。しかし、ただでさえ忙しいのに年も押し詰まったこの時期に「大移動」なんて、現場にしてみれば迷惑なことこの上ない。

いやそれ以上に、入居者さんにとって部屋の移動はかなりのストレスになる。そんな負担をかけてまでしなければならないことなのだろうか。

だが、その場では誰も発言しなかった。

施設長が決めたこととあっては何を言っても覆すことはできないだろう。

これはすでに「決定事項」なのだ。

重い空気が漂ったまま、ミーティングは終了した。

廊下に出たところで、康介は前を行く鈴子先輩に並び、小さな声で言った。

「もっともらしい理由つけてますけど、あれって建前じゃないですか」

鈴子先輩はちらりとこちらを見たが、言葉は返さなかった。

「本音は、動けない人は災害の時の避難の邪魔になるから、まとめて上に上げてしまえってことじゃないですか。もしもの場合に備えて、前もって『トリアージ』をしてしまえってことじゃないんですか」

「そんなことはない」

鈴子先輩が強い口調で返してきた。

しばらく康介のことを睨むようにしていたが、ふいにその目から力が消えた。

「って、思いたいけど……」

鈴子先輩もまた、同じ疑念を抱いていることが康介には分かった。

いつ、どうやって谷岡さんにこの疑問をぶつけるか。

仕事をしながらもそのことが頭から離れなかった。

「大移動」なんてやめてほしい。真正面からそう言っても取り合ってもらえるとは思えない。あちらの理論武装はできているのだ。

余計な心配はしないで、自分たちの仕事をして。

そういう答えが返ってくるのは明らかだった。

何かいい手はないか——。

何もできないでいるうちに日は過ぎていき、「大移動」の日は近づいてきていた。

そんなある日、「事件」は起こった。


オムツ交換の時間で、康介は三〇五号室にいた。

依田さん、井村さん、文吾さん、惣之助さん、當間さん、幸男さん。入院したままの広治さん以外は全員が居室にいることを確認し、まずは惣之助さんのオムツを交換して次の當間さんに移ろうとした時。

ふいに耳元で、囁(ささや)く声がした。

「金がほしいだろ？」

え、と振り返ると、目の前に依田さんの顔があった。

いつかと同じようにニタッと笑うと、続けた。

「協力してくれたら俺の遺産、そっくりお前にやる」

な、何の話？　そう思った次の瞬間、突然依田さんが暴れ出した。

「ウワーッ！」

奇声を発し、髪を振り乱し、両手をぐるぐる回す。

「どうしたんです、依田さん、ちょっと、落ち着いて！」

驚いてなだめようとするが、康介の声など耳に届かぬようで、「ウワーッ！　ウワーッ！」と奇声を発し続ける。

「依田さん、ちょっと――」

「ギャーッ」

オムツ交換を終えたばかりの惣之助さんが、依田さんを真似するように叫び声をあげた。

「アアーッ！」

その向かいの當間さんもだ。突然二人が騒ぎだしたので驚いたのか、大きな声を出す。

「アー、アー！」

パニックが伝染して幸男さんまで興奮しだした。こうなったらもう一人では手におえない。

応援を呼びに、とドアに向かった康介の先に、依田さんが回りこんだ。

通せんぼをするようにドアの前に立ちはだかる。

「依田さん……？」

ベッドから這い降りた惣之助さんが、不自由な体で後ろからしがみついてきた。

「惣之助さん、放して！　大丈夫ですから落ち着いて」

目の前で、依田さんがゆっくりと動いた。

開けっ放しのドアを閉め、縁のところに椅子を積み、近くにあったワゴンを挟んで動かないよう固定する。

「依田さん？　何をしているんですか……」

依田が振り返り、落ち着いた声で言った。

「バリケードだよ。お前は人質だ」

そして、ニタッと笑った。

# 第七話　パニック・イン・三〇五

「お前は人質だ」

　そう言って依田は、ニタッと笑った。

「ちょっと、悪ふざけはやめてくださいよ」

　背後からしがみついてくる惣之助さんをようやく振り払い、康介はドアに近づいた。

　この忙しいのに何やってんだ。手のかからない入居者だと思ってたのに。胸の内で悪態をつきながら依田の前に立つ。

「そこどいてください」

　だが彼は動こうとしない。

「もう、依田さん」

　軽く肩に手をやった。

その瞬間、腕があらぬ方にねじ曲げられ、後ろ向きに押さえられて動けなくなる。

「ウッ」

依田が康介の手をねじあげていた。

不意をつかれたとはいえ、まさか八十歳の老人に関節技を決められるとは思わず、今度は康介の方がパニックになった。

「ちょっと依田さん、何してんですか、放してください！」

依田は手を放そうとしない、それどころか、さらにねじあげてくる。老人とは思えない力だった。

個人ファイルに書かれていた「趣味」の項が頭に浮かぶ。

週に一回、デイサービスに通って予防運動代わりの太極拳を習うこと——。

その時、廊下の方から声が聞こえた。

「何でドア閉まってるんだ？　開かないぞ」

多床室のドアは、入居者の安全確認のために昼夜問わず開けっ放しが基本だ。閉めてしまうと姿が見えないのはもちろんだが声も届きにくい。だからドアが閉まっていればそれだけで職員は不審に思う。

助かった、とばかりに叫んだ。

「葛西さん！」

「大森、いるのか。何でドア閉めてるんだよ」

「依田さんです！　開かないようにしちゃったんです！」

「依田？　いいから早く開けろ、何やってんだ」

「俺、今動けないんですよ、そっちから開けられませんか」

「動けないって何だよ」

葛西さんがドアをガタガタやる音が聞こえる。

「開かないぞ、どうなってんだ？」

「椅子で押さえちゃってるんです。依田さん、マジでまずいですよ、騒ぎになりますよ！」

「何だか分かんないけど早く開けろって」

「金はほしくないのか？」

頭の上から依田の声がした。

「遺産は全部お前にやる。通帳見ただろう。俺は本気だぞ」

ハッとした。この声は、間違いなく正気だ――。

ドアが数センチほど開いた。

その隙間から再び葛西さんの声がした。

「大森、なんかトラブルなのか？」

ようやく異変に気づいたようだ。

「依田さんがドアの前にバリケード築いて開かないようにしちゃったんです」

「それでお前は何やってんだ」

情けないが本当のことを言うしかない。

「腕キメられちゃって動けないんです」

「はあ!?」

ドアの向こうから呆れた声がした。

「他の入居者は？　開けさせられないのか」

「井村さんはベッドだし……」

正面のベッドで半身を起こしていた井村さんと目が合った。面白がるような顔でこちらを見ている。

惣之助さんはまだ興奮して何やら喚（わめ）きたてるばかりだ。當間さんや幸男さんは落ち着いたようだが助けにはならない。

その時、文吾さんが「何騒いでんだ、うるせえな」と体を起こした。

「文吾さん、ドア開けてもらえませんか？」

「ドア？」

何のことか分からないらしく、口をポカンと開けている。

「ドアの前にある椅子とかをどけて、ドアを開けてください、お願いします」

「椅子……」

寝ぼけたような顔で、それでもベッドから下りてこようとした文吾さんに、井村さんの声が飛んだ。

「開けなくていい。面白いからそのままにしておけ！」

「何言ってんですか井村さん！」

「ったく、しょうがねえな」

ドアの向こうで葛西さんが舌打ちをする。

「俺一人の力じゃ開かないみたいだから、誰か呼んでくる。ちょっと待ってろ」

葛西さんが立ち去る気配がした。

同時に依田の力が緩み、康介の体は自由になる。

「依田さん！　どういうつもりですか！」

体を翻し、依田に詰め寄った。悪ふざけにもほどがある。

「言ったろう。協力するなら金をやる」

依田の口調にふざけた調子はなかった。

「協力って何の」

「ろうじょうだ」

「ろうじょう……？」

一瞬、言葉の意味が摑めない。

ドアの前に積み重ねられた椅子を見て、「籠城」のことだと分かった。

「何言ってんです？　ていうか、依田さん、認知症じゃないんですね⁉」

詐病(さびょう)——。

資格を取る過程で、そういうものがあると習った。特養に入所するには、医師の診断に加え、自治体による要介護認定を受けなければならない。それらをどうやってかいくぐってきたのか。

「認知症の振り」をすることが本当に可能なのかは分からない。だが、目の前の依田が「まとも」であることは疑いようがなかった。

「そんなことに協力できるわけないでしょう！」

康介は依田を押しのけ、ドアに向かった。

積まれた椅子を一つ一つ下ろす。

「俺が協力したって、こんなのすぐに職員たちに開けられちゃいますよ」

「刃物を持っていると言え」

「はあ？」

「何のことです？」

突拍子もない言葉に振り返った。

「俺が刃物を持っていると言うんだ。無理に開けようとすると殺されるって」

「何言ってんだか」

無視して、再び作業に戻る。

「大体、ここに籠もって何をしようっていうんです。わざわざ籠もらなくてもここから出られないのに」

その時、首の後ろにひんやりしたものを感じた。

何か細長い金属のようなものを押し付けられたのだ。

「動くな。怪我するぞ」

「嘘でしょ……」

このひんやりとした感触は、ナイフの刃の部分――。

「そう、俺たちはここから出られない。死ぬまで、な」

耳元で囁く声が何とも不気味だった。

「ここで何が起きているか誰にも知られず、俺たちは死んでいくんだ」

「依田さん――」

その時、廊下から複数の足音が聞こえた。

「ほんとだ、閉まってますね」

「康介くんが中にいるの？」

鈴子先輩の声だ。一瞬だけ、胸の奥が温かいもので満たされる。

だが次の瞬間、

「言え、刃物を持っていると」

依田の冷徹な声で現実に引き戻された。

外からドアに手がかけられたようで、ガタガタと音がする。

「みんなで一斉に力をかければ開くんじゃないすか」

赤堀さんの声がする。

首の後ろに押し付けられたものに、ぐい、と力が加えられた。

「やめてください！」

康介は叫んだ。

「刃物を押し付けられています、やばいです！」

「何!?」

「どうしたの、康介くん!?」

「依田さんが刃物を俺に押し付けています、無理に開けようとしたら」

　ぐい、と首の後ろに力が加わる。

「刺されます！」

「刺される？　おい、刃物ってなんだ」

「何でそんなもの持ってんだ、いつ持ち込んだ！」

「知らないすよ！　とにかく開けないで。開けると俺、やられちゃいます！」

「おい、これ、やばいぞ」

　葛西さんの声が真剣みを帯びてくる。

「どうする？」

　廊下で相談する声がした。

「どうもこうもないだろ、力ずくで開けるしか」

　再び首の後ろに力。

「無理に開けたら、俺刺されます！　とりあえず今は開けないで！」

「分かった」

鈴子先輩の声だ。

「開けなければ康介くんに危害は加えないのね？　他の入居者さんにも」

依田に向けられた言葉だったが、彼は無言でナイフらしきものに力を加えるだけだ。仕方なく繰り返した。

「とにかく今は開けないで！」

「分かった。康介くん、しばらく我慢してね。必ず何とかするから」

「何とかってどうするんだ」葛西さんが咎めるような声を出す。

「とりあえず谷岡さんに知らせないと」赤堀さんの当惑した声も。

「とにかく今は康介くんと中の人たちの身の安全が第一です。要求には従いましょう」

鈴子先輩の声は落ち着いていた。

「対応を考えるから、康介くん、それまで我慢してね」

「……はい」

皆が立ち去る気配がした。

表が静かになった途端、背後から當間さんの「ウェー」という唸り声が聞こえた。首に当たっていた金属の感触も消える。

康介が振り返ると、依田が何かを後ろ手に隠した。本当にナイフだったのか、確かめる余裕はなかった。

當間さんが続けて唸り声を出す。オムツ交換の途中だったことを思い出した。早く交換してくれと言っているのだ。

「當間さん、今やりますからね」

そんなことをしている場合かとも思ったが、目の前で不快を訴えている人を放っておくわけにはいかない。それに、これは康介の「仕事」なのだ。

當間さんのオムツを交換しながら、背後に依田の気配を感じた。妙な動きをしないか監視しているのか。

「何でこんなことをするんです？」

作業の手は休めず、尋ねた。

「こんなことをして、何になるんです？」

依田の代わりに、井村さんの声が聞こえた。

「お前は自分の仕事をしてればいいんだよ」

振り返ると、井村さんはニヤニヤとこちらを見ていた。明らかに今の事態を面白がっている。

依田は、と見ると、うつろな表情であらぬ方を見ていた。先ほどの様子とはまるで違う。井村さんが依田に向かって言った。

「あんた、依田っていったっけ。中々面白いことをするな。俺は全面的に協力するぜ。何か手伝うことがあったら言ってくれ」

だが依田は相変わらずあらぬ方を見ていて答えない。その手に刃物は握られていなかった。

今だったらドアを開けられるんじゃないか——。

「変なこと考えない方がいいぜ」

井村さんがこちらに向かって言う。

「こいつはとんだ役者みたいだからな」

役者？　今の態度が「芝居」だと言うのだろうか。油断させておいて、康介が逃げようとするとまた刃物を取り出すと？

考えられないことではなかった。何せ認知症と偽り、ここに入所してきたほどの男なのだ。

ふいに、いつか鈴子先輩が言っていた「まだら認知」という言葉が頭の隅を過った。

もしかしたら詐病ではなく、認知症というのは本当で、何かのキッカケで「正気」が蘇ったのか。

……いやいや。再びその考えを打ち消す。

そもそも正気の人間がこんなことをするだろうか。バリケードとか籠城とか刃物とか、とても正気の沙汰とは思えない。

それともこれ自体が、認知症から来る「奇行」の一つなのか……？

分からなかった。考えれば考えるほど頭の中が混乱してくる。

ようやく當間さんのオムツ交換を終えた。

すると今度は幸男さんがむくっと起き上がり、ベッドサイドに置かれた車椅子を引き寄せようとする。

「どうしたの、幸男さん、どこへ行くの」

「トイレ」答えながら、車椅子を手前に引き寄せる。

「ちょっと待って、手伝うから」

幸男さんのベッドに駆け寄り、トランスファーの介助をした。

「トイレ、いいですか？」

依田に訊いた。

幸男さんは自力で排尿・排便ができるので、オムツではなくトイレまで誘導しているのだ。依田が答えないので、幸男さんの車椅子を押してドアの方に近づいた。

逃げるチャンスだ——。

「おい、こいつ逃げようとしてるぞ！」

背後で井村さんの声がした。

無視してドアの前の椅子を下ろそうとした時、

「何をやってる」

振り返ると、依田が立っていた。うつろな表情は消えている。

「トイレに行きたいって言うので……」

「ダメだ」

言下に拒絶される。

「部屋でさせろ。おマルがあるだろう」

「……分かりました」

夜間に使う人がいるのでおマル——ポータブルトイレは置いてあった。

仕方なく、幸男さんをベッドの方に連れ戻す。

「おマルはいいけど、その後の処理はどうすんだ」

井村さんが抗議するように言った。

「そっちのクソバケツもそのままじゃ、臭くてこんな部屋いらんないぞ」

　確かに、部屋の中にはオムツ交換で生じた臭気が充満していた。

　窓を開けて換気はできるが、汚物の入ったバケツを部屋に置いたままでは臭気が消えることはない。

「廊下の様子を見てくれ」

　依田が文吾さんに言った。

「誰もいなかったらバケツを廊下に出してくれ」

「廊下？」

　文吾さんが分かったような分からぬような顔で、それでもドアの方に向かった。

「椅子はそのままで。さっきドアに隙間ができたはずだ。そこから覗け」

　文吾さんは言われるままにドアの隙間から外を覗いた。

「誰かいるか」

「いない」

「今のうちに汚物を出しておけ」

　この言葉は康介に向けられた。

　康介はしぶしぶおマルの中身をバケツに空け、汚れたオムツが山盛りになったバケツを持ってドアの近くまで行った。

「椅子どかしていいんすよね？」

「バケツを出せるぐらいの隙間だ。全部下ろすとまた元に戻すのが面倒だぞ」

誰がそんな面倒なことをしたんだ。胸の内で文句を言いながら椅子を一つ下ろし、少しだけドアを開けてバケツを廊下に出した。

外は、まるで何も騒ぎなど起こっていないかのように静かだった。

「早く閉めろ」

急かされ、慌ててドアを閉めた。再び椅子を積み、元の状態に戻す。

これで「臭い」の問題は解決した。

康介は依田の正面に立った。

「目的は何です？　一体何をしようとしているんですか？」

依田はまっすぐこちらを見ている。

その口が何か言おうと開きかけた時、バタバタと廊下から足音が聞こえた。

さっきより人数が増えているようだ。

「大森さん、そこにいますか」

谷岡さんの声だった。冷静を装ってはいるが、狼狽(ろうばい)していることは明らかだった。

「はい」

「中の事態は、大森さん一人では解決できないのですね」

「……はい、すみません」

「刃物というのは？」

「今は」

依田のことを振り返る。依田は手を後ろに回したまま、黙って肯いた。

「今は突き付けられてはいませんが、刃物を持っているのは確かなようです」

「この行為を行っているのは、依田さん一人なんですね？」

「そうですね……」

厳密に言えば、すでに井村さんと文吾さんが「協力者」になっていたが、さらに面倒なことになりそうだったので省いた。

「依田さんと話せますか？」

依田を振り返る。依田は黙って首を振った。それから、康介に向かって顎をしゃくる。

「……俺に代わりに話すように言っています」

「じゃあ伝えてください。このまま放っておくわけにはいきません。刃物を持っているとあればなおさらです。不本意ではありますが警察に通報することになります」

依田の方に、聞こえたか？　と確認する。依田は無言で肯いた。

「それは分かっているようです」

「私たちとしても、それを望んではいません。その前に解決したいと思っています。どうすれば刃物を捨て、ドアを開けてくれますか？」

依田を見る。依田は黙って首を振る。

「それはしない、と言っているようです」

「しない、というのは？」

「つまり」依田の反応を確認しながら、代弁をする。「刃物も捨てないし、ドアも開けない、ということだと思います」

「通報してもいいんですね」

依田が肯く。

「いいそうです」

谷岡さんの答えは返ってこなかった。

これで終わりか、と思った瞬間、

「一体何なんです!?」

ドアの向こうからヒステリックな声が飛んできた。

「目的は何です！　要求は！　要求があったら言ってください、できるだけ応えられるようにしますからっ」

依田のことを見た。しかし、首は縦にも横にも動かなかった。

「要求は……ない、ようです」

ドアを挟んでも聞こえるほどの大きなため息がした。

「のちほど、もう一度参ります。その時は、こちらも強硬手段をとることになると思います」

廊下から人々が去る足音が聞こえた。

ドアから離れようとした時、声がした。

「康介くん」

鈴子先輩だ。

「はい！」

「怪我はないのね」

「はい、大丈夫です」

答えてから、「入居者さんも全員問題ありません」と付け加えた。

「長期戦になるかもしれない。覚悟しておいて」

「……はい」

「何でこんなことをするのか分かるといいんだけど」

「訊いてるんですけど、言わないんです」

「……そう」

鈴子先輩はそう呟いてから、声を潜めた。

「コール端末、切っちゃった？」

「端末ですか？　はい」

「オンにしておいて。バイブでいいから」

「……分かりました」

鈴子先輩が去って行く足音が聞こえた。

今言われたことはどういう意味だろう。

こんな騒ぎの間にもコールは鳴りっぱなしなので、さっき電源をオフにしたばかりだった。バイブにしてもいいが、どこの部屋からコールが鳴っても康介には駆け付けることはできない。

意図が分からなかったが、とりあえず端末のＰＨＳの電源を入れ、バイブに設定した。

康介は依田の方を振り返った。

「どうするつもりなんですか、このままじゃ本当に警察沙汰になりますよ」

依田は答えなかった。再び呆けた振りか。

「どうだかな」

依田の代わりに、井村さんが答えた。

「どうだかなって、なるでしょう。谷岡さんは施設長に報告するでしょうし、報告を受けたら施設長が――」

「すぐに通報すると思うか？」井村さんが、侮ったように言う。「こんなことが表沙汰になったら、園の評判はがた落ちだぜ」

「そりゃそうですけど……」

「まあ見てりゃあ分かる。俺は、通報しないに賭けるね」

「通報しないでどうするんです？」

「そりゃ『交渉』だろう。ドラマや映画で見たことないのか？」

「交渉……？」

そんな悠長なことを言っている場合か。そう反論しかけて、いや、と思い直す。

いつかふじ子さんが離設した時でさえ、すぐには警察に通報せずにまずは近隣を探すよう指示をした施設長だ。今回も、まずは自分たちの力で解決できないかと考えることだろう。

しかも、事故の危険があった離設の場合と違い、今回は——。

康介は、居室の中を見回す。

ここにはベッドがあり、簡易トイレもある。食事は運んでもらえる。何より、「介護してくれる人間」がいるのだ。

入居者さんたちの生活に問題はない。本気で立て籠もろうとしたら、いつまでも立て籠もっていることができる。

鈴子先輩の言葉が蘇った。

——長期戦になるかもしれない。覚悟しておいて。

勘弁してくれよ。康介は泣きたくなる。

この人たちはここが「住まい」だからいいかもしれないけど、俺はどうなる？

トイレは？　寝る場所は？　ここか？　一体いつまで？　入居者と一緒に、俺もここで年を越すことになるのか……？

「おいお前ら」

康介の嘆きなど知らず、井村さんが、室内の入居者たちに向かって楽しそうに言った。

「何かほしいもん、園に要求したいことがあったら今のうちに考えとけ。今だったら何でも言うことを聞いてくれるぞ」

「そうなのか？」

文吾さんが身を乗り出す。

「ああ、まずは飯だな。ここの飯には飽き飽きしてたんだ。うな重の特上でも頼んでもらうか」

「うなぎか、いいな！　当然、酒もつけてもらうだろ。とろみなんかついてないやつな」

康介は、思わず吹き出してしまった。酒に「とろみ」をつけるわけがない。

だが、すぐに笑みは引っ込んだ。いや、文吾さんはふざけているわけではないのだ。

誤嚥防止のために、嚥下機能が弱っている入居者さんが飲食するものにはほとんど「とろみ」がついている。お茶もコーヒーも、ねっとりとして味気ない。そんなもの飲みたくないと、普段から思っていたのだろう。

「お前らも何かあるだろ、他にも要求があれば考えとけ！」

井村さんの言葉に、當間さんが反応した。

「……あーえん……あーえん、いないえおいい……」

「あん？　何か言ったか」

「あーえん、いないえおいい」

當間さんはそう言って窓の方を指す。

「何だって？」

口に麻痺のある當間さんははっきり発音ができない。だが一年近く担当して慣れていた康介には分かった。

「『カーテン』じゃないですか。『カーテンをしないでほしい』と」

「ああ、そうか」

夜間はもちろん、居室のカーテンは日中でも閉められていることが多かった。直射日光を遮るためではあったが、どうしても室内は暗くなる。

「開けてやれ」

井村さんがこちらに向かって顎をしゃくった。

言うなりになるのは癪に障るが、仕方がないと窓際に行った。

カーテンを開ける。

すでに西日の時間帯で部屋に明るい陽射しが入ってくることはなかったが、窓の外には生い茂った樹木が見え、長いこと部屋の中にいた身には少しばかりの解放感だった。

そうか、と気づいた。

職員は遮光とか防寒を優先してカーテンを閉めがちだけど、ずっとこの中にいる入居者さんにとっては、窓は唯一の「外への扉」なのだ。

昼間はカーテンを閉めないでほしい。いつでも外が見られるように。

こんな小さな願いにも、自分たちは気づかないでいたのか——。

「こんな簡単なことじゃなくて、もっと何かないのか」

井村さんが煽（あお）る。

「温泉に連れていけ、とか、花見がしたい、とか」

「花見に温泉か、いいねえ」

「ああ！」

今度は幸男さんが反応した。

幸男さんも高次脳機能障害があって言葉が明瞭ではない。だが、外の樹木を指しながら「はあい、いあい」と繰り返しているところを見ると、どうやら「花見がしたい」と言っているようだった。

「よし、春は花見、冬は温泉だな。夏は花火大会か」

「いいねえ、夏、外で飲む冷えたビールは格別だからな」

文吾さんが調子を合わせる。

「後は女だな！」

「女？　お前、まだアッチの方元気なのか」

井村さんが呆れたように返す。

「いや、女に酌してもらいてえんだよなあ、そしたら酒もうまいだろ」

「ホステス、いやコンパニオンってやつか」

「そうそう。あ、職員は駄目だぞ、色気もへったくれもないからな」

「いっそ芸者でも呼んでもらうか」

「いいね芸者！　死ぬまでに一回やってみたかったね」

女性職員たちが聞いたら怒り出しそうなセクハラ丸出しの発言で井村さんと文吾さんは盛り上がっている。

脳に障害のない井村さんはともかく、脳血管障害による認知症のはずの文吾さんまで「まとも」な会話をしているのが不思議だった。

いや、文吾さんだけではなかった。

言葉が不自由だったり体が言うことを聞かなかったりで文吾さんほど明確に意見を表明できないまでも、當間さんや幸男さんも先ほどからベッドの上で身を乗り出している。惣之助さんでさえ、顔をはっきり二人の方に向けて、明らかに彼らの会話に「参加」していた。

「えんあい……」

その惣之助さんが、何ごとか口にした。

「あん？　何だって？」

「えんあい……あおう……」

「何のことだ？」

井村さんがこちらを見る。康介も分からない。

「何、惣之助さん。トイレ？」

「面会、だ」

それまで黙っていた依田が、ふいに口を開いた。

「家族に面会に来てほしいと言っているんだろう」

「そうか――」

井村さんがハッとした顔になった。

「面会か……」

文吾さんが呟く。

そう言えば、ここにいる人たちは皆、身内がほとんど面会に来ない入居者ばかりだった。

依田さんを除けば、皆、家族はいる。この前の騒ぎで久しぶりに見た文吾さんの息子。

井村さんにも遠方に嫁いだ四十歳ぐらいになる娘さんが。當間さんや幸男さんや惣之助さんにも、それぞれ息子か娘がいた。

だが、みな多忙を理由に数か月に一度来ればいい方で、中には半年以上顔を見ていない者もいる。年末年始だって、一時帰宅はおろか、面会に来るかどうかさえ分からない。

やはりみんな、家族には会いたいのだ――。

「面会なんか来てくれなくていいから、俺はもう一度『家』に帰りたいな」

井村さんが珍しくしんみりとした口調で言った。

「死ぬ前に一度でいいから、あの家で過ごしたい……」

井村さんは、自宅がバリアフリーに改装されていないという理由で、外泊すらしたことがない。

早く更地にして売った方がいいんですけどねえ。

いつか久しぶりに面会に来た娘さんが、そう言っているのを康介は聞いたことがあった。

今はまだ井村さんが許可しないため家はそのままだったが、老朽化する一方の「空き家」をいつまでもそのままにはしておけないのだろう。

井村さんは、おそらくもう二度と「あの家」に戻ることはない――。

「おうう……」

今度は當間さんだった。

唸り声のようだが、違う。何かを訴えていた。

「おうう、うぐあえてほしい……」

ハッと思い当たり、訊き返す。

「オムツ？」

康介の言葉に、當間さんが肯いた。

「オムツをすぐに換えてほしい、って言ってるんだね」

當間さんは大きく肯く。

「まほろば園」の紹介パンフレットでは「オムツ交換は随時」と謳ってはいるが、実際は定時だ。一日五回と決まっており、失禁しても決まった時間にならなければ交換はしない。回数の違いはあっても、おそらくどこの施設でも事情は同じだろう。むしろ「より吸収力の強いオムツを使うことで交換の回数を減らす」傾向にある。

どこも人手が圧倒的に足りないのだ。今の人数配置のまま「失禁したらすぐオムツ交換」を実行すれば、おそらく職員は一日中オムツ交換をしていることになるだろう。

康介がそのことを考えていると、今度は幸男さんの声が聞こえた。

「えるともあめてほしい」

だんだん彼らの言うことが分かるようになってきていた。

「ベルト？　車椅子のベルトのこと？」

幸男さんはうんうんと肯く。「いうもうるしい……」

「いつも苦しいんだね。そりゃそうだよね……」

自立を促すために、寝たきりの人以外はなるべく車椅子に移して共用スペースに出てもらう、というのが園の方針だった。しかし、デイルームにいる入居者さんたちをずっと見張っているわけにはいかない。そのため多動傾向のある人は、車椅子からずり落ちないよう、あるいは勝手に立ち上がって歩き出したりしないよう、Y字型の専用ベルトや腰紐などで車椅子や椅子に「固定」することがあるのだ。

安全のため、という理由によるものだが、厳密に言えばこれらも原則禁止されている「拘束・抑制」に当たるのだろう。しかし、それをしないで実際に転倒して怪我などされたら、それは施設の、職員の責任になるのだ。

康介は、依田のことを見た。

これが依田さんの狙いなのか？

入居者の待遇改善を園に要求する。そのためにこんなことを？

依田の顔には何の表情も浮かんではいなかった。

だが、施設側が、有沢施設長がこんな要求を呑むとは思えなかった。いや、施設長でなくともこんな要求を受け入れることはできない——。

康介は、自分がそう思っていることに気づき、愕然（がくぜん）とした。

「施設長の有沢です。聞こえますか」

数十分が経った頃、廊下から声がした。

有沢雄一郎施設長だ。

依田の方を見るが、反応はない。康介が代わりに答える。

「はい、聞こえます」

「大森くん、怪我はありませんか」

「はい」

「他の入居者の皆さんも」

「はい、みな異常ありません」

「今、刃物は？」

依田の方に目をやってから答えた。

「今は手にしてはいませんが……」

「ではドアを開けられませんか？」

康介は迷った。

開けられるかもしれない。

実のところ、さっき首の後ろに当てられていたのは、ナイフなどではなく、スプーンかフォークだったのではないかと思っていた。

刃物を持っているというのは「はったり」なのではないか。

だが——。

「椅子をどかしている間に背後から刺されるかもしれません、怖いです」

康介はそう答えた。

少し考えるような間があってから、「分かりました」と声がした。

「要求を聞きましょう。こんなことをする理由は何ですか。私たちに、どうしてほしいのですか」

「飯だ！」

間髪をいれず、井村さんが叫んだ。

「クイックチルドだかなんだか知らねえが、いつもまずい飯ばっかり食わせやがって。たまには温かい、うまい飯を食わせろ！　まずはうなぎの特上だ、人数分出前させろ！」

「その声は……井村さんですか?」

有沢施設長の驚いたような声が返ってきた。

「おい、井村さんもグルなのか?」葛西さんの声も。

「酒もつけろよ!」文吾さんが叫ぶ。「とろみはつけるなよ!」

「文吾さんか? おい大森、どうなってんだみんなグルか?」

「いや、グルってことはないと思います。今、施設長が要求と言ったので……」

「それから、何だっけ……」井村さんが続ける。「そうそう、カーテン!」

「カーテン?」

「昼間はカーテンをするな! それと……」

井村さんが、次々とみなの「要求」を口にしていく。

「以上だ、分かったか!」

「依田さん、要求とはそういうことなのですか?」

有沢施設長が戸惑った声を返してくる。

「待遇を改善してほしいというのが要求ですか? それならば検討しましょう。まずはこんなことをやめて話し合――」

「今すぐ持ってこい!」

突然、依田が叫んだ。形相が変わっていた。

「要求したものを今すぐ持ってこい。それと、部屋の移動をやめろ！」

「移動？」

康介は、ハッと依田のことを見た。

「そうだ、俺たちをまとめて四階に移動させようとしてるだろう、それを即刻中止しろ！でないとこいつを刺す！」

そう言いながらも、依田はもはや刃物など手にしていなかった。

ドアの向こうでは、予想外の要求に困惑しているようだった。

何事か言葉を交わしている気配がしてから、

「分かりました。要求を聞きましょう」

有沢施設長の声が聞こえた。

「要求を呑んだら、人質を解放してくれますね」

「いいから早く飯を持ってこい！」

「分かりました。しばらく待っていてください」

バタバタと去る足音がして、廊下は再び静かになった。

「ほんとに持ってくるかな」

文吾さんが舌舐めずりをするように言う。

「持ってくるさ。もっともっと高級なもんを注文してもいいぐらいだ」

井村さんが答える。

「なあ、いいよな。もっと要求して」

依田は答えない。再びうつろな表情に戻っていた。

康介は、全く別のことを考えていた。

施設長でなくとも、彼らの要望をすべて呑むことはできない、そう自分が思ったことを――。

今出された要求をすべて聞けば、自分たちの作業は今の数倍、いや数十倍になる。

今でも激務だ人手不足だと音を上げているのに、これ以上負担が増えたらもう限界だ。

給料がそのまま数十倍になれば別だが、現実的にそんなことはあり得ない。

入居者さんたちの願いと自分たちの希望は、突き詰めていけば相容れなくなるのだ。

「まほろば園」に勤めてもうすぐ一年。

入った時にはこの仕事が嫌で嫌でたまらず、いつ辞めるか、そのことばかり考えていた。

しかし少しずつ仕事を覚え、慣れるにつれ、この仕事もそんなに悪くはないのではないかと思い始めていた。

薄給だし重労働だし、他人からはあまり尊敬されない仕事かもしれないけど、たまに入居者さんからもらう「ありがとう」の言葉や、自分が担当した入居者さんが少しでも元気になったりした時の嬉しさは――なにものにも代えがたい。

仕事をする喜び。

それは、すべて入居者さんたちから教わったものだった。

拒食気味だった登志子さんがやっとご飯を食べてくれた時。

言葉のはっきりしない當間さんが何を訴えているか分かった時。

文吾さんの「盗ったな」が一番身近な職員に向けられるものだと知った時。

幸男さんの「帽子」の意味が分かった時。

広治さんが息を吹き返した時。

脱走したふじ子さんが見つかったと聞いた時。

千代さんが「最期はここで迎えたい」と戻ってきた時。

そして、和子さんが亡くなった時――。

康介は少しずつ、入居者さんたちの気持ちを理解できるようになったつもりだった。

その喜びと悲しみを自分のものとして感じられるようになったと思っていた。

しかし、それは「錯覚」だったのだろうか。

自分は、何も分かっていなかったのだろうか――。


五時半。いつもだったらそろそろ夕食の準備が始まる時間だった。

今日、康介は配膳係のはずだった。自分の代わりに誰かが割を食っているのだろう。そんなことを考えていると、廊下を人が歩いてくる気配がして、ドアの前で止まった。

「夕飯持ってきたぞ。お望み通り、な」

葛西さんの声がした。

本当だろうか。半信半疑の思いでドアの前まで行く。

「ここに置いておけばいいか？」

カチャカチャと膳が置かれる音がした。うなぎの香ばしい匂いが漂ってくる。

「お前の分もあるってよ、良かったな」

嫌味のこもった台詞を残して葛西さんは去って行った。

人の気配がなくなったのを確かめて、ドアを少しだけ開ける。

目の前にきちんと膳に載った吸い物付きのうな重が七人分、並べてあった。その脇に、日本酒のとっくりが二本とお猪口（ちょこ）も人数分置いてある。さらに、全員分の食後薬、口腔ケアや洗顔・清拭（せいしき）のセット一式も。おそらくこれは、鈴子先輩の配慮によるものだろう。周囲に人がいないことをもう一度確かめてからドアを開け、お膳その他を中に引き入れた。

「おう、本当に持ってきやがった！」

「ふぇ～、美味（うま）そうだなあ！」

井村さんと文吾さんが歓声をあげる。

他の入居者たちの顔も輝いていた。依田一人が、無表情だ。

「おい、早く配れ！」

井村さんにせっつかれ、慌ててそれぞれのオーバーテーブルに配膳する。

「酒を飲む奴は？」

井村さんの問いかけに、文吾さんと、驚いたことに幸男さんと當間さんも手を挙げた。

大丈夫なのだろうかと少し心配になりながらもそれぞれのお猪口に酒を注いだ。

井村さんと文吾さんは自分で食べるのに任せ、康介は幸男さんと當間さんに自助具とスプーンをセットし、惣之助さんの介助についた。

「かー、うめえな！」

お猪口をくいっと空けた文吾さんが感嘆の声をあげる。

「うなぎも最高だ、さすがにいいやつ頼んだな」

井村さんが破顔した。

「惣之助さん、大丈夫、食べられる？」

スプーンの先でうなぎをほぐし、一口大にしたものをスプーンに載せ、口元まで運んだ。

普段はミキサー食の惣之助さんだったが、問題なく飲み込み、「うー」と大きな声をあげた。おいしい、と言っているのがはっきりと分かった。

食事一つで、こんな顔を見せるんだな。

彼らの笑顔を見ながら、康介はむなしさのようなものを覚える。

今まで自分は、何をしてきたんだろう……。


食べ終えた膳を、再びドアの前まで運んだ。

先ほどと同じようにドアの隙間から人がいないか確認し、誰もいないと判明したところで椅子を一つだけ下ろし、ドアを僅かに開けて膳を廊下に出した。

「外」は、不思議なほど静かだった。まさに、嵐の前の静けさ——。

これからどうなるのだろう。

井村さんたちはさらなる要望を出す気満々だったが、施設長がこれ以上の要求を受け入れるとは思えなかった。たとえ通報はしないにせよ、このまま手をこまぬいているはずはない。

依田さんは、どうするつもりなのだろう。

気になることはたくさんあったが、「仕事」も山ほど控えていた。

食後の服薬、口腔ケア。続いて洗顔、清拭（井村さんと文吾さんは「明日にでも温泉に連れてってもらうからそんなの必要ない」と拒否したが）、更衣、入床介助——。

いつもやっていることとはいえ、すでに日勤の勤務時間は大幅に過ぎている。疲労もたまっていた。引き続き「夜勤」になることは間違いない。

少し休みたい……。

「じゃあ寝るぞ。表で変な動きがないか、よく見張ってろよ」

まだ体を起こしていた井村さんが、そう言ってベッドを倒した。

これで全員、床に就いた。ようやく休める。

余ったシーツをドアの前に敷き、

「俺もちょっと横になってもいいですよね」

と一応断ってから体を横たえた。

本当に「ちょっと横になる」程度のつもりだったのだが、目を閉じた瞬間、激しい睡魔が襲ってきてそのまま意識を失ってしまった。

気づいた時、ポケットの中でコール端末のＰＨＳが振動していた。

ハッと目を開けると、辺りは真っ暗だった。いつの間にか消灯時間になっていたのだ。

振動は続いている。急いでＰＨＳを取り出し、通話ボタンを押した。

「康介くん？」

鈴子先輩の声が聞こえた。

そうか、コール端末は職員同士の内線としても使えるのだ。

誰かの声を聞いただけでこれほど嬉しいのは初めてだった。思わず歓喜の声をあげそうになったが、必死に抑え、「はい」と小さく答えた。

わずかに聞き取れるぐらいの声が返ってくる。

「今話できる？」

「はい」康介も同じぐらい声を潜めた。「みんな寝ています」

答えてから、部屋の中を見回した。

暗くてよくは見えないが、みな寝ていることに間違いはないだろう。大きないびきもあちこちから聞こえていた。

「皆さんの体調は問題ない？」

「ないです」

「康介くんは、大丈夫？」

「大丈夫っす。……とりあえずは」

答えた途端、心許(こころもと)ない気分が押し寄せてくる。

「これから、どうなるんです？」

「強行突破することになりそう」

「……やっぱり」

予想していたこととはいえ、不安が襲ってくる。

鈴子先輩が続けた。

「もちろん私は反対したけど、強硬手段をとっても康介くんや他の入居者さんが危害を加えられる心配はないだろう、というのが大勢の意見で……」

「警察へは」

「知らせてない。知らせるつもりはないみたい」

賭けは、井村さんの勝ちだ——。

「強行突破するのは、いつです？」

「今夜。ていうか、もう十五分後には」

「え」

思わず立ち上がった。

「どうしよう……」

呟いてから、いやそれはおかしいか、と思う。

この事態から解放されるのだ。喜ばしいことではないか。それなのに康介は今、依田さんに伝えなくては、と思っていた。

いや、自分だけじゃなかった。

「依田さんに伝えて」

そう鈴子先輩が言ったのだ。続けて、

「その前に、『目的』を果たしてって」

「目的？」思わず問い返す。「依田さんの目的って、待遇改善の要求じゃないんですか？」

「誰と話してる」

背後から声がした。

心臓が飛び出るかと思った。実際、「ひっ」と口にしていたと思う。

「依田さん？」鈴子先輩の声がした。

「は、はい」

「代わって」

「え？——分かりました」

ＰＨＳを耳から離し、おそるおそる依田の方へ差し出した。

「職員の浦島鈴子さんです」

「浦島？」

依田は不審そうな声を出してから、「ああ」と肯き、ＰＨＳを奪い取った。

「何の用だ」

ＰＨＳに向かってぶっきら棒に応える。

「うん？　そうか。……分かった。……ああ。わざわざ悪かったな。……ああ、分かってる。……え？　ああ、そのことか」

依田がなぜか康介のことを振り返った。

「あんたでも良かったんだがな。あんただといろいろ考えすぎるだろう。何も考えない素直な馬鹿の方が良かったんだ。こんなおあつらえ向きの奴が担当になるとは思わなかったけどな」

そう言って依田は声を出して笑った。初めて聞く、彼の笑い声だった。

「ああ、悪いとは思ってる。約束は守るよ」

そう言って依田は、ＰＨＳを耳から離すと、こちらへ寄越した。

康介が受け取ると、自分のベッドの方へ行く。

その様子を怪訝に思いつつ見送ってから、再びＰＨＳを耳に当てた。

「何を話したんです？」

「すぐに分かる」鈴子先輩が答えた。「これから起こることについては、康介くんはとにかく入居者さんたちを守って。依田さんはある程度覚悟しているんでしょうけど、他の入居者さんを守れるのは康介くんしかいない。もちろん私も協力するけど」

「ちょちょ、何が起こるんです」

何のことやらさっぱり分からない。

「話してる時間がないの。とにかくみんなを起こして、着替えさせて――できたら暖かい恰好をさせてあげて。十分もしないうちに始まるはず」

「始まるって何が！　鈴子せんぱ――」

通話は切れていた。

依田を振り返った。

彼は、何か小さく四角いものを手にして操作をしていた。

携帯電話？　そんなものまでこっそり持ち込んでいたのか――。

「どこかへ連絡したんですか」

「ああ」

依田は肯き、言った。

「警察を呼んだ」

廊下から、何人もの足音が聞こえた。

今までとは違う、遠慮のない足音だ。同時に、幾人かの声が錯綜していた。

「待ってください、今我々で解決を！」

「通報があった以上確認しないわけにはいかないものでねえ」

「通報って一体誰が」

すでに入居者たちはみな起こして、着替えさせていた。

「何なんだ？」文吾さんが怪訝な声を出す。

「おい、まさか」井村さんが顔を歪めた。

「この部屋ですね」

ドアがガタガタと揺らされる。

「開きませんね」

「ちょっと待ってください、今ご説明しますから」

谷岡さんが止める声にも構わず、ドアがドンドン、と叩かれた。

「警察です。刃物を持った人がこちらに立て籠もっているという通報があったんですが、ちょっと開けてもらえますか」

「おい、警察だってよ」

「どうする」井村さんが依田のことを見た。文吾さんが井村さんのことを見る。

依田は無言でドアを見つめていた。

「開けてください」

ドアを叩く音。

「開けないですよ、開けないから困ってるんじゃないですか」

有沢施設長の声。

「じゃあ本当に立て籠もりじゃないですか」警察官が咎める声を出す。「なぜ施設から通報がないんです」

「ですから今それをご説明しようと――」

「開けろ」

依田が、文吾さんに向かって声を発した。

「え？」

「ドアを開けていい」

「開けちゃうのか」

井村さんががっかりした声を出す。

「お遊びは終わりってわけか」

「警察だ！」警察官がドアを叩く。「早く開けなさい！」

「開けるのか？」

文吾さんがもう一度確認をする。依田は黙って肯いた。

これで終わりか——。康介も、自分がどこか落胆しているのを感じた。

文吾さんが、椅子を下ろし、ワゴンをどかした。

「お、開いたぞ」

拍子抜けしたような警察官の声がして、ドアが開かれる。

その瞬間、康介は首筋にひんやりとしたものを感じた。

ドアを開けた制服の警察官が、こちらを見てギョッとした。

「何をしてる！　刃物を放しなさい！」

康介の首筋に、刃物のようなものが押し当てられていた。

いや、今度は間違いない、本物のナイフだ――。

警察官は、腰ベルトから警棒を抜き出すとともに、もう一方の手で無線機のスイッチを入れた。

「至急、至急、こちらPC葛飾2から警視庁……」

「依田さん、こんなことをしたらマジヤバいよ！」

ホンモノの刃物を持っていたのには驚いたが、依田さんが本気で自分を刺そうなんて思っていないことは分かっていた。だが警察官の目の前でこんなことをしたらもうこれは紛れもなく「犯罪」だ。

「刃物を捨てなさい！　その人を解放しなさい！」

警察官は、警棒を手にじりじりと近寄ってくる。

と、突然依田が康介を放すと、「ウワーッ」と奇声をあげ、ナイフを持つ手を高く掲げた。

その瞬間、警察官が突進してきた。

「乱暴しないで！」

鈴子先輩の声が聞こえた。

だが制止もむなしく、依田は警察官によって投げ飛ばされ、体を押さえつけられ、その手に手錠を掛けられた。

「銃刀法違反並びに公務執行妨害で現逮！」

「何すんだ、やめろ！　そいつは何にも悪くない！」

ベッドの上で叫んでいるのは井村さんだった。

「やめてくれやめて」

警察官に摑みかかっていこうとする文吾さんを必死に止めるのが康介には精いっぱいだった。

目の前の事態にまたパニックになりかけている惣之助さんや當間さん、幸男さんを、鈴子先輩が懸命に落ち着かせようとしていた。

「立て！　歩けるだろ！」

警察官が引っ張り上げるようにして依田を立ち上がらせる。

もはや抵抗する様子はなかった。

うつろな顔で警察官に引き立てられていく依田が、ドアのところで一瞬だけこちらを振り向いた。

その顔に、あの笑みが浮かんだのを康介は見逃さなかった。

「大丈夫ですか、皆さん！」

有沢施設長が、続いて谷岡さんが、葛西さんや白石さんも飛び込んできた。入居者たちに近寄り、心配そうに様子を見ている。

みな勤務時間外なのにご苦労さんなことで、と同情してから、ああ俺もか、と気づいた。今日の残業手当は出るんだろうか。そんなことが頭に浮かんだ。

事情聴取を終えて警察署を出た頃には、夜中の十二時を過ぎていた。

もう何をする気力もない。早く家に帰って泥のように眠りたかった。

職員に裏口から出た方がいいと言われ、それに従うと、出たところで鈴子先輩が待っていた。

「お疲れさま。大変だったね」

その顔を見た途端、安堵で全身の力が抜けた。その場にへなへなと座り込んでしまった康介の頭を鈴子先輩はぽんぽんと叩き、「一杯やってくか」と言った。

今の今まで早く帰って家で寝たいと思っていたのに、五分後にはまだ灯りのついていた近くの居酒屋のカウンターに鈴子先輩と並んでいた。

とはいえ、飲んだ瞬間突っ伏してしまいそうだったので、お疲れの乾杯だけして、康介は三〇五号室で起こったことを話した。

それはそのまま、刑事からしつこく聴取されたことでもあった。

刑事は、依田の犯行の動機やいつから計画していたかについて何度も尋ねた。康介は、「分かりません」と答えるしかなかった。

もう一つしつこく訊かれたのは、「依田は正気だったか」ということだった。これに関しても「分からない」としか答えようがなかった。

「……依田さん、どうなるんすか？」

話し終えてから、康介の方から尋ねた。

「まだ分からない」

鈴子先輩は首を振った。

「今は留置されてるけど、実際には誰も傷つけてないし、破損したものもないから。大した罪にはならないんじゃないかって谷岡さんは言ってた。認知症というのも情状酌量の余地があるだろうって」

「……そこまで計算してたんですかね」

鈴子先輩は「さあ」と首を振った。

康介には、鈴子先輩に訊かなければならないことがあった。

「依田さんの目的って、警察を呼ぶことだったんすか」

あの時、ＰＨＳでの会話で、先輩ははっきり「依田さんに目的を果たしてって伝えて」と言ったのだ。

「鈴子先輩、知ってたんでしょ」

鈴子先輩は小さく肯くと、「警察と、それと、マスコミ」と答えた。

「マスコミ？」

「テレビや新聞。何社か来てた。まだ表にいたみたいだけど」

「それで『裏口から出た方がいい』って――」

「うん、いろいろ訊かれるだろうからね。園の方にもたくさん来てて大変よ」

「そうだったんですか……」

有沢施設長や谷岡さんが、対応におおわらわになっている姿が浮かんだ。

「でも本当に大変なのは、明日以降でしょうね」

鈴子先輩が続ける。

「新聞やテレビで報道されるだろうから……もう『大移動』どころじゃないでしょうね」

ハッとした。

「それが、依田さんの目的だったんすか？」

鈴子先輩は首を振った。

「本当のところは私にも分からない」

「でも、何で鈴子先輩は、依田さんが最初から警察やマスコミを呼ぼうと思っていたことを知ってたんですか？」

「知ってたわけじゃないの。ただ、依田さんが入所するって聞いた時から、なんか胸騒ぎがしたのね。あの依田さんが本当に認知症？　って」

「やっぱり依田さんのこと、よく知ってたんですね」

「ううん」鈴子先輩はまた首を振った。「前に言ったように、奥さんのことはよく知ってたけど、依田さんのことは美代子さんの旦那さま、っていうくらいの認識しかなかった。ただ一度、依田さんから言われたことでとても印象に残っていることがあって……」

鈴子先輩はそう前置きしてから、話した。

「美代子さんが入所してから一年近く経った頃……。ちょうどレクの時間で、ホールでみんなでボール遊びをしてたの。私が通りかかった時、廊下に突っ立ってそれを眺めている男の人がいて、誰かと思ったら依田さんだったの。何の気なしに、奥さん、楽しそうに参加されてますね、って声を掛けたの。良かったらご一緒にどうですか、なんて。依田さんは首を振って、楽しそうですか、って呟いたの。え、って言ったら、あなたには楽しそうに見えますか、って。……実際、美代子さんはその時、楽しそうなんかじゃなかった。何をしていても表情はほとんど変わらない人だったから。飛んできたボールにもほとんど反応してなかった。私は本当に何も考えずに、おざなりにそんな声を掛けてしまったの。私がどう答えていいか分からなくて困ってると、それまでほとんど言葉を交わしたことのなかった依田さんが、急に堰(せき)を切ったように話し始めたの。あの時依田さんの言ったことは、今でも忘れられない。

　私が、どんな思いをしてあいつを送り出したか分かりますか、って……。

　私が、どんな思いをしてあいつを送り出したか分かりますか。あなたたちは、ボケたら特養に入るのはしょうがない、ぐらいにしか思っていないでしょうけど。それまで何十年も一緒に暮らして、苦楽を共にした、まさに戦友なんです。特にうちは子供がいなかったから、本当に二人だけでここまで、楽しいことも苦しいことも共に経験してきた。その相手と離れ離れになる悲しみ、もう二度と一緒に暮らすことはできないと思うつらさが、あなたに分かりますか。あなたたちにとってはたくさんいる入居者の、認知症のお婆さんでしかないでしょう。だけど私にとっては、ただ一人しかいない女房です。その女房が、オムツの中におしっこやうんちを垂れ流すようになって、ご飯も自分で食べられなくなって……職員からは子供に対するような言葉使いをされて、小馬鹿にされて……。世話をしてもらってるんだ、感謝しなければ、と頭では分かってても、どうしてもそう思えない。すまない、こんな目に遭わせてすまない。そう心の中で手を合わせるしかない。帰りにはどうしても酒を飲まずにはいられないけど、泣いちまうから外じゃ飲めない。家で一人飲みながら、今頃あいつは施設で何をしているだろうか、そう思っては七十男が泣くんだ。そんな気持ちが、あなたに分かりますか……。

話し終えた時の依田さん、目にいっぱい涙をためてた。私、何も言えなかった。依田さんももう何も言わずに、デイルームの方に戻っていった。震災が起きたのは、それから一週間ほど経った頃のことだった……」

鈴子先輩の話は、まだ続いた。

「震災の後、体調を悪くされた入居者さんがいたっていう話はしたわよね。美代子さんもそのうちの一人だった。その前からADLはかなり低下してたんだけど、震災の後、見る見るうちに衰弱してしまって……。ドクターはそれが原因だとは言わなかったけど、私はそう思った。きっと依田さんも」

「いやでも」

康介は思わず口を挟んだ。

「それは鈴子先輩のせいじゃない」

「そう、震災は私たちのせいじゃない」

鈴子先輩は答えてから、「でも」と続けた。

「あの時の対応は？　この前話したあの退避は、はたして正しかったんだろうか。美代子さんは、あの時最後に運ばれたの。一番手のかかる入居者さんだと、みんながそう認識していたから一番後回しになったのよ」

「……依田さんはそれを知ってたんすか」

鈴子先輩は黙って肯いた。そして、言った。

「私と大垣さん、二人で美代子さんのお通夜に出席したの。お焼香が終わった後、依田さんが近寄ってきて、型通りのお礼を述べた後に、はっきり言った」

鈴子先輩も、はっきりした口調で言った。

「私は、あなたたちを許さない――」

「いや」康介は再び話を遮った。「それは依田さんがおかしいです！」

「そう。私たちもそう思った。大垣さんと言い合った。私たちのせいじゃない。私たちのせいで美代子さんが死んだわけじゃない。でも」

鈴子先輩はそこで言葉を区切った。俯き、顔を上げないまま、続けた。

「大垣さんは、その一週間後に園を辞めた。一身上の都合ということだったけど、たぶん罪の意識から逃れられなかったんだと思う。私だけが今でもこうして残ってる……」

「鈴子先輩、何でそこまで――」

なぜそこまで自分を責めなければならないのか。

「依田さんにね」

鈴子先輩が顔を上げ、康介のことを見た。

「あなたに私の気持ちが分かりますかって訊かれた時、何も答えられなかったけど、私、心の中で呟いていたの。ちょっとだけ。ほんのちょっとだけだけど、あなたの気持ち、分かりますって」

鈴子先輩の話は、まだ終わっていなかった――。


「事件」からひと月が過ぎた。

あれから、いろいろなことがあった。事件の翌日、新聞の記事こそ小さな扱いだったが、テレビのワイドショウで紹介された――番組は、「うな重を食わせろ」だの「花見をさせろ」だのという彼らの要求を面白おかしく取り上げていた――こともあって、園はてんやわんやの騒ぎになった。

家族からの問い合わせはもちろん、他のマスコミからの取材、加えてテレビを観た一般の人からの抗議や誹謗中傷の電話がひっきりなしにかかってきて仕事にならなかったらしい。

康介は翌日も警察に呼ばれたこともあって公休扱いになったが、後で葛西さんから聞かされたところによると、入居者たちにも動揺は伝わり、みなどこか不安定になってしまってケアにもいつもの数倍手がかかったということだ。

康介は、今でも同じフロアで同じ面々を相手に働いている。

「大移動」は結局中止になった。

とは言え特別、園の方針が変わったり、ケアの質が向上したりということはない。

では、依田さんの「反乱」は、何の意味もなかったのだろうか。

そんなことはない、と康介は思う。

施設長や谷岡さんの気持ちまでは分からないが、職員の一人一人の意識は、ほんの少しではあるけれど、確実に変わった。

「デザート、ご飯終わった後がいいよね？　じゃあ後でまた来るから」

配膳係で一緒になった時、葛西さんが惣之助さんにそう言っているのを聞いた。

あの葛西さんがそんなことを入居者に確かめているのを見たのは初めてだった。今まで葛西さんに限らず職員はみな、食事マナーも本人の意思もおかまいなしに、ただ効率だけを考えて食べさせていたのだ。

入居者にも、したいこととしたくないことがある。重い認知症の人にも、好きなことと嫌なことがある。何も考えてないわけじゃない。何も感じてないわけじゃない。

当たり前のことだけど、日ごろの忙しさの中で忘れかけていたそのことを、あの一件はみなに思い出させてくれたのだと、康介は思う。

それは、「まほろば園」だけに限ったことではなかった。

あの事件以来、テレビや新聞で「介護の在り方」を問う番組や記事が増えたように康介の目には映った。自分が気にしているからそう見えるのかもしれない。でも——依田さんのしたことが、あの時のみんなの訴えが、人々の心を、ほんの少しだけど、動かしたのだ。

もしかしたら、と康介は思う。

これが依田さんの「目的」だったのだろうか。

鈴子先輩の話を聞いた時は、「復讐」なのかとも思った。自分の妻をないがしろにした施設の内情を、騒動を起こすことで世間に訴えようとしたのかと。

しかし、そうじゃない。

依田さんは、ただ知ってほしかったんだ。

ここで暮らす人たちが、何を思い、何を願っているか。彼らが日々抱える喜びや悲しみを、世間の人たちに知ってもらいたかっただけなんだ。

ほんの少しだけでも、人々の意識が変わったのだとしたら、依田さんの「目的」は達せられたのかもしれない。

……しかし「変化」は、良いことばかりではなかった。

事件の後、園の中で大きく変わったことが一つある。

「まほろば園」に、鈴子先輩の姿がなくなったのだ。

あの騒動の後、鈴子先輩は谷岡さんに辞表を提出した。

一身上の都合、というだけで理由は詳しく言わなかったという。谷岡さんはもちろん必死に引き留め、何とか辞表は谷岡さん預かりとし、しばらく休職する、ということで収めた。

だから鈴子先輩は、今も無期限休職中だ。

その穴は、途方もなく大きい。職員たちのシフトへの影響や入居者たちの動揺、ということよりも何よりも、康介の心の中にぽっかりと空いた穴の大きさは――。

だが康介は、泣き言は言うまいと決めていた。

あの夜、居酒屋で鈴子先輩の「告白」を聞いた時から、覚悟はしていた。

鈴子先輩には、今、考える時間が必要なのだ。

いろいろなことに向き合う時間が必要なのだ。

だから俺、寂しいけど、めちゃめちゃ寂しいけど。俺は、鈴子先輩がいつか必ず帰ってきてくれるのを、黙って待ちますから。

「私の家族のこと、今まで一度も話したことなかったよね」

あの夜、鈴子先輩が話してくれたこと。

その内容は康介にとって、予想外のものだった。

実は私、三つ違いの妹がいるの。

そう、康介くんと同じ年ね。

妹には、生まれた時から重い障害があるの。自閉症って分かるわよね。自閉症にもいろいろあるんだけど、妹、香菜の場合は知的障害を伴う重いものだった。

香菜が生まれた最初の頃はね、ただ自分に妹ができたことが嬉しくて、いつも一緒にいて、かまったり、遊んだり、お姉さんっぽく子守みたいなことを買って出たりしてた。でも、段々に、なんか変だな、なんか違うなって分かってくるのね。

親は――うん、両親とも健在。埼玉に住んでる。父は公務員。母はまあ専業主婦っていうか、長いこと専業介護者だった、妹の。

　両親は、私たち姉妹を分け隔てなく育てたかったんだと思う。でもやっぱりそうはいかないわよね。妹ができてからは、父も母も妹にかかりっきり。私は放っておかれることが多くて。お姉ちゃんなんだから大丈夫でしょ、お姉ちゃんなんだから我慢できるわよね。そう言われて、泣きたいのに泣けない、何かしてほしいのにそう言えない、我慢強いと言えば聞こえはいいけど、ただじっと、自己主張をしない子供になってしまった。今の私からじゃ想像つかないでしょうけど。

　それでもうちの両親が偉かったのは、私に、妹の面倒を見ろって一度も言わなかったこと。きょうだい児――障害がある兄弟姉妹を持っている人のことをそう言うんだけど――きょうだい児の中には、子供の頃からきょうだいの世話をするよう強要されたり、自分たちがいなくなったらあなたが面倒見なくちゃいけないんだからって言われ続けたり、ひどい人はあなたはきょうだいの世話をするために産んだんだからって……そんな呪いのような言葉を親から浴びせられ続ける人もいるみたいなんだけど……うちの場合はそういうことはなかった。父も母も、私に、妹のこととは関係なく、普通の子供のように、自分の幸せだけを考えてくれるようにって、そう考えて、実際、そうしてくれた。

　……はずなんだけど。

関係ないって、そう簡単に割り切れるわけはないわよね。目の前に——家に帰ればいつでも、言葉もあまり通じない、何を考えているかもさっぱり分からない、でも間違いなく自分の妹がそこにいて、父と母が必死にその世話をしている。

今、言葉も通じない、何を考えてるか分からないって言ったけど、父や母には分かるのよ。本当に通じ合っているかは怪しいけど、親は分かってると言い、実際いつも彼ら三人だけで何か語り合ったり、笑い合ったりしていた。私は、「あなたは勉強してなさい」「遊びに行きなさい」って体よく追い払われて、つまはじき。

私、本当に「家族」の一員なんだろうか。そんなことを思ったりした。

高校生になったら、家に帰らなくなった。そう、こう見えても不良だったの。ううん、そんな悪いことはしない。でも友達の家を泊まり歩いたり、朝まで繁華街で過ごしたり。とにかく家に帰りたくなかった。そこに私の居場所はなかったから。いても、誰も私のことなんか見てなかったから。いつも思ってた。

お願い、私を見て。私はここにいる——。

そこからのことは省略するわ。いろいろあって今に至るわけだけど……。妹はね、今は施設にいる。埼玉の障害者施設で生活してる。妹が十八になった時にね、親が決断したの。自分たちも年を取っていくし、このまま二人で面倒を見ていくことは無理だろうって。たぶん、私に余計な負担を掛けないためにも、施設に入れた方がいいって思ったんじゃないかな。私は賛成も反対もしなかった。私が意見を言えるわけがない。私には、そんな権利はないもの。

私が介護の仕事をするようになったのは、その後。両親はびっくりしてた。どういうつもりで私がこの仕事を選んだのか、分からなくて当惑してた。もしかしたら妹の世話を？っていう期待もあったんだと思う。でも私に直接それを訊いてくることはない。だから私も答えない。何で介護の仕事なんかしてるのか。私自身、はっきり分かっているわけじゃないから——。

鈴子先輩の「告白」は、ふいに終わった。

康介は、何も言えなかった。依田さんの件以上に、今の話にショックを受けていた。いつも明るい、鈴ならぬゴム毬のように弾けて飛び回っている鈴子先輩に、そんな「事情」があったとは——。

想像もしていなかった。そう思いながら、でも一つだけ分かったことがある、と思った。鈴子先輩が、なんでこんなに一生懸命この仕事をしているのか。

なぜ他の誰よりも入居者さんのことを考え、彼らの立場になって思い悩み、行動できるのか。

その背景には、妹さんのことがあったのだ。

妹さんに何もしてあげられなかった代わりに――いやそんな単純なことじゃないだろう。はっきりとした理由は、鈴子先輩が自分で言うように「分からない」に違いない。

それでも、無関係のわけはない。

家族相手には無理だけど――すべてのわだかまりを捨てて妹さんの面倒を見ることはできないかもしれないけど――。

入居者さんにはできる。

「仕事」だったらできる。

そういうことなのじゃないだろうか。

店を出ると、終電はとうになくなっていた。

鈴子先輩とタクシーを拾った。タクシー代は後日、園が払ってくれるというので、その言葉に甘えてアパートの前まで送ってもらい、鈴子先輩が乗るタクシーを見送った。

また明日。

別れ際に当たり前のように掛けた康介の言葉に、返ってきたのはぎこちない笑みだけだった――。

「大森先輩、三〇一の大塚さんがお昼、全然手をつけてくれないんですけど」

「ああ、分かった、行くよ」

入江から声を掛けられて、一緒に昼食中のホールへと急いだ。

新しい年を迎え、園にはもう一つ、変化があった。鈴子先輩がいなくなった代わりに、一人「新人」が入ってきたのだ。

入江拓郎・二十五歳。正式な指導係は葛西さんだったが、年も近いし葛西さんほど怖くないと踏んだのか、入江はことあるごとに康介のことを頼ってくる。

頼られれば悪い気はしない。以前鈴子先輩や市原さんとそうしたように、仕事終わりに居酒屋でビールを飲むこともあった。

いつものせんべろ居酒屋は、安酒で日々の憂さをはらそうとする客たちで早い時間からいっぱいだ。康介もすでに生ビールを二杯空け、入江相手に気炎を上げていた。

「まあ俺ぐらいになると、便臭を嗅いだだけで誰の便か分かるな」

「そうそう、ただ話を聞くだけ、っていうのが実は一番難しいんだ」

「お前にとっての『ちょっとお待ちください』は、入居者にとっては何十分にも感じられるんだからな」

康介の言うことに、入江はいちいち感心し、尊敬の眼差しを向けてくる。

「俺も早く大森先輩みたいになりたいっす」

「何言ってんだ、十年早いよ」

今話したことがすべて鈴子先輩からの受け売りであることは、もちろん口にはしない。

「すみませーん、生お代り!」

店内にある映りの悪いテレビからは、中国の何とかというところで相次いでいる原因不明の肺炎の患者から新型のウイルスが検出されたというニュースが流れていたが、康介も他の客と同じく、気にも留めなかった。


朝のミーティングで、谷岡さんが苦虫を嚙みつぶしたような顔でそのことを告げたのは、翌日のことだった。

「依田実さんが、戻ってきます」

「ええ⁉」

思わず耳を疑ってしまった。

「依田さんが? またうちに⁉」

「ええ。担当はそのまま大森さんでよろしいでしょうか」

「ええ、それはいいですけど……依田さん、今までどこに？」

「不起訴になった後、しばらく入院していたんですけど、来週の退院と同時に、うちの園に戻りたいということで」

「本人が、そう？」

「本人の意思確認は正直、できない状態ですが、後見人の方がそうおっしゃっていました。ああ、後見人は、以前の姪御さんから弁護士さんに代わっていますので。それと」

谷岡さんは、そこで少し言いよどんだが、続けた。

「依田さんは入院中に進行性の癌が見つかりました。その治療を今までしていたんですが、これ以上回復の見込みはないということで、ターミナル前提での入所ということになります」

「え」

思わず絶句した。依田さんが、進行性の癌……？

谷岡さんの説明では、以前の入所の時は発見されなかったが、今回の入院で精密検査をしたところ手術で摘出したはずの癌が転移していて、すでにステージ4まで進行していることが判明したらしい。後見人が言うには、本人はもしかしたら以前からそのことを疑っていたのかもしれない、と。

康介は、ハッと思い当たった。

それで、「今」だったのか。

今回の件の「目的」について考えた時、一つだけ腑に落ちないことがあったのだ。

なぜ奥さんが亡くなってすぐではなく、今頃になって実行したのか。

「大移動」のことを知ったからかとも思ったが、それについて知ったのは入所した後だろう。

「今」やらなければならなかった理由。

依田さんは、もう自分が長くないことを知っていたのだ――。

入所の日、いつかと同じようにエレベータから降りてきた依田さんは、車椅子に乗っていた。

背後にいるスーツ姿の男性は、後見人だという弁護士だろう。

ひと月見ないうちに、その姿は激変していた。

すっかり痩せてしまい、保護帽の隙間に頭髪はない。首には薄汚れたよだれ掛けがぶらさがっていて、やや上を向いた顎にはよだれが垂れっ放しになっていた。

その姿を見て、康介は思わずにやりとしてしまう。今度はまたずいぶん手のこんだ芝居だな。

「ではこちらで書類に記入をお願いいたします」

谷岡さんが弁護士を促して歩き出す。

康介は依田さんの後ろに回った。車椅子を押しながら、その耳元で囁く。

「依田さん、今度は何を企んでるんです？」

依田さんは答えない。また呆けた振りか。

康介は笑みを浮かべ、再び訊く。

「何でも協力するから言ってくださいね」

だが、依田さんからは何も反応はなかった。谷岡さんたちのことを気にしているのかと、顔を覗き込んだ。

依田さんは口を半開きにし、あらぬ方を向いている。

「ねえ依田さん、もう芝居はいいから。今度は何をやるつもり？　俺には教えてくれてもいいでしょう？」

それでも依田さんは応えなかった。

半開きになった口元からはよだれが流れ続け、そのうつろな瞳には、何も映っていない。

車椅子を押しながら、康介は続けた。

「依田さん、また一緒に面白いことをやりましょうね。刑事の取り調べはどうでした？　不起訴になったってことは、認知症の振りしてうまくだまくらかしたんでしょ？　さすが依田さんだ」

依田さんは何も答えない。

溢れてきそうな涙をこらえ、震える唇を懸命に動かし、康介は続ける。

「後は心配しないでください、俺がついてますから。ここで一緒に、楽しく過ごしましょう。俺の方も話したいことがいっぱいあるんだ。鈴子先輩が、今休職してるんすよ。いつ戻ってくるかは分かりません。戻ってこないんじゃないかなんて言う奴もいます。でも俺は信じてる。鈴子先輩は絶対戻ってくる。そしてまた一緒にここで働くんだ。ねえ依田さん、見ててね。俺、頑張るから。必ず一人前の介護士になるから。ねえ依田さん……」

何も応えない依田さんに向かって、康介はいつまでもいつまでも語り続けるのだった。

# あとがき

本作は、二〇一二年十一月から二〇一八年十月にかけて「小説すばる」誌（集英社）に断続的に掲載された短編連作を書籍化したものである。特別養護老人ホームを舞台に、主人公の青年が少しずつ成長していく物語の中に日常系ミステリの要素をまぶし、かつコメディタッチであり、私のこれまでの作品とはかなりテイストの違ったものになっている。

完結・単行本化までにこれほど時間がかかったのはひとえに私の実力・実績不足によるものだが、執筆開始時からあまりに時間が経ってしまったため、単行本化に当たってある問題が生じた。

物語の時期設定を「今」に修正するか。その場合、コロナ禍を描くか否か。

「あとがき」を執筆している二〇二二年三月現在、新型コロナウイルスはなお猛威を振るっている。身体的弱者を狙い撃ちにするこのウイルスを相手に、高齢者施設の職員の皆さんが日々苦闘していることを、私は知っている。何より、数年前に特養に入所した私の母が、コロナ禍の中で亡くなっている。本来なら作中と同じく施設でターミナルを迎えるはずだったが、容態が急変したことで入院となり、面会もままならないまま最期に立ち会うこともできなかった。それでも、職員の皆さんが最後まで尽くしてくれたことには深く感謝している。

しかし私には、この作品でそれ以上に書きたいことがあった。少し長くなるが本作執筆に至る経緯を説明したい。

話はおよそ十年前、前記小説誌から短編を依頼された頃に遡る。その際に持参したプロットは、本作の最終二話に当たる内容のものだった。詳細は本文を読んでいただくことにして、なぜこのような作品を構想したかといえば、私自身があの震災――東日本大震災を、都内のある高齢者施設にて「介護ヘルパーの資格をとるべく実習中」という立場で経験したからであった。

当時の生業であったフリーランス・ライターとしての仕事が途絶え、経済的に行き詰っていた私は、「有給で介護ヘルパーの資格がとれる」という今では考えられない好条件の講座に飛び付いたのだ。その時点ですでに重度障害者の配偶者を介護して二十年の経験があり、座学はもちろん、実習の現場でも「即戦力」と評価されてはいたが、本気で「介護を仕事とする覚悟」など実はなかった。

そんな時に、「あの震災」が起きた。私は一階フロアでの実習中だったのだが、別の施設の上階にて実習中だった仲間から、作中人物と同じ体験をした話を聞いた。その話は、日ごろ私自身が障害者の介護者として感じていた疑問と結びついた。

なぜ飛行機など乗り物の座席は、常に「一番奥」なのか。なぜ降りる時は「他の乗客が全員降りてから」なのか。障害者や高齢者など自力で動けない者は、「いざ」という時「邪魔者」とされるのではないか——。

数か月後に私は小説家としてデビューすることになり、結果として介護の仕事には就かなかったのだが、この時感じた疑問はずっと頭の片隅に残っていた。小説家になって初めての依頼にこの物語を書こうと思ったのには、このような事情があった。

そして冒頭の問題に戻る。

単行本として刊行するに当たって、介護制度の変化や特養の実際についてはできるだけアップデートしたい。だがあまりに時を隔ててしまうと、「あの震災」の影が薄くなってしまうのではないか——。思い悩んだ末に、「コロナ禍直前」という時期設定とした次第である。

「今」の高齢者施設における介護がどのような困難を抱えているか、成長した康介がそこでどんな活躍を見せるか、本作がもし多くの人に受け入れられたならば、次には是非書いてみたいと思っている。

# 文庫版あとがき

単行本刊行後、書店員及び読者の皆さんからたくさんの感想をいただいた。自分ではこれまでの作品とはかなりテイストの違うものと思っていたためどんな風に受け止められるか怖くもあったのだが、予想以上に好意的な意見が寄せられた。特に「自分も親の介護をしていて」「親が施設に入所していて」という（おそらく私と年の近い）方々がとても切実な問題と捉えてくださり、共感のメッセージを数多くいただいた。その中には施設職員に対しての感謝と敬意の言葉が多々含まれており、また、元・現職の介護士の皆さんからも「分かる」「刺さった」という言葉をたくさん頂戴した。

今回素晴らしい解説を寄せていただいた安藤なつさん――人気の芸人さんであると同時に実はベテランの介護経験者なのです――も〈「そうそう、こういうことよくある！」「あぁ、こんな感じだったなぁ」と、私自身も経験してきたさまざまなことが言語化され、盛り込まれている〉と言ってくださり、私にとって最大の懸念だった「施設職員の方々には自分たちの仕事を貶めていると捉えられてしまうのでは」という不安も杞憂に終わったようで、安堵した次第。

と書くといいことずくめのようではあるが、「介護や福祉に関心のない人たちにも広く読んでもらいたい」という一番の目標がどこまで達せられたかは不明で、今回の文庫化を機に、さらに幅広く、たくさんの方々に手にとっていただけたら、と思う。

本作は「コロナ禍直前」で終わっているが、新型コロナウイルス感染拡大の初期には「介護施設においてクラスターが発生」というニュースをしばしば目にしたし、ピークの頃には「全体の死亡者の数割が高齢者入所施設で亡くなっている」という記事も見た。本来入院が必要な重篤患者でも入院できなかったケースがかなりあったとも聞く。また、私自身も経験したことであるが、感染対策のための面会自粛が長い間続き、看取りを含め、家族に会えないまま最期を迎えた入所者の方も多かった。

その時期の「まほろば園と康介」について書いてみたいという思いは今も失っていない。介護施設にとっての最大の危機を本作同様「泣いて笑って」というテイストで貫けるか難しいところではあるが、文庫化を機にもう一度向き合いたいと思う。

# 解説

安藤なつ（メイプル超合金）

『ウェルカム・ホーム！』を読み終えての第一印象は、とにかく面白い！　読みやすいし、エンターテインメントとしてすばらしく、それでいてとても深い内容が描かれています。「あとがき」によれば、もともと文芸誌に短編のかたちで掲載されていたそうですね。それもあってか、一話ごとに完結していて読みやすく、謎解きの部分もあるし、そしてなによりオチがめっちゃいい。一話ごとのオチもいいし、全体を通して最後のオチには鳥肌が立ちました。フィクションだけれど、ノンフィクション的な現実世界の問題と自然に融合していて、見事だなぁと感じました。

実は私にとって介護の世界はとても身近です。本書の主人公である大森康介君は介護現場歴1年未満の新米介護士ですが、私のほうは介護現場歴20年なので、彼よりだいぶ先輩です。

ただ、介護に関わるようになったきっかけは少し特殊かもしれません。子どもの頃、伯父が小規模な介護施設を運営しており、私は小学校に入るとよく泊まりに行って、自然と施設のお手伝いをするようになりました。

いや、手伝いというより、入居者のみなさんと一緒にいろいろなことをするのが、純粋に楽しかったのです。その施設には、脳性まひの女の子や、重度の自閉症の若者、認知症のお年寄りなど、さまざまな方がいました。私は遊びの延長でお手伝いするようになった、という感じです。

中学卒業後は定時制高校に通いながらバンドのスタッフをやったり、お笑いの道を模索したり。一方で介護の仕事も続けたいと思って、ホームヘルパー2級の資格をとりました。昼勤務だとお笑いの活動に支障があるので、夜勤務を選びました。

夜の9時から朝の9時まで、一晩で15軒ほどのご家庭を訪問します。ご家族が就寝している間に安否確認、トイレ誘導やおむつ交換、陰部清浄、水分補給、体位の変換などを行ないます。ご家族は私を信頼して鍵も預けてくださっているわけですから、大変だけれどやりがいも感じました。

その後、メイプル超合金としてM－1グランプリにチャレンジ。決勝まで進み、結果は7位でしたが、そこからものすごく忙しくなり――そのなかでも時間を見つけて介護福祉士実務者研修を受け、国家試験を受けて2023年に合格しました。

このような経歴なので、よく「介護の仕事のどういうところが魅力ですか？」と聞かれるのですが、やっぱり自分で体験しないとわかりづらいところもあるし、言葉にする能力が足りなくて。ところがこの小説を読んで、「そうそう、こういうことよくある！」「あぁ、こんな感じだったなぁ」と、私自身も経験してきたさまざまなことが言語化され、盛り込まれているので嬉しくなりました。

なにより感嘆したのが、介護を受ける人の視点、家族の視点、介護する側の視点、施設経営側の視点がすべて網羅されている点です。利用者のみなさんはどんな気持ちでいるのか。家族はどんな思いで施設に預けているのか。また介護職の先輩が、後輩をどう指導していくのか。そして全話を通して、主人公がどのようにして成長していくのか。それらが全部描かれているので、「おぉ、すごい！」と思わず声が出そうになりました。

たとえば、利用者さんが「飲み物にとろみをつけないで」と希望を述べる場面が出てきます。私もとろみをつけた飲み物を飲んでみたことがあるんです。全然美味しくないし、喉がものすごく渇くんですよ。喉越し悪いし、ねちゃねちゃするし。

それでも誤嚥を防ぎながら水分補給をしてもらうため、命を守るために、どこの施設も「仕方なく」とろみをつけているわけですよね。それを考えたら「利用者さんが嫌がっているんだからとろみは禁止しましょう！」なんて極端なことは言えないけれど、介護する側の都合によって介護される側にガマンしてもらっているということは、みんながわかっておくべきだよなぁと本書を読んでいて思いました。

主人公の康介君は、最初は「仕方なく」介護職に就きます。でも、自分はこの仕事に合うのか合わないのかをずっと考え、迷いながらも、さまざまな経験を通して仕事のやりがいを見出していく。そこにすごくリアリティがあります。実際に要介護の家族がいる人が読んでも、介護職に関わっている人が読んでも、もちろん介護の世界とまったく無縁の若い人が読んでも、純粋に小説として面白いばかりでなく、人生の教科書にもなる気がします。

介護の仕事をしている人のなかには、要介護者の方による言葉の暴力、体の暴力がストレスになり、離職する人もいます。「介護の仕事はキツイ」「そんな仕事をしているなんてすごい」「立派」……。康介君はかつての同級生にこんな言葉をかけられますが、それは世間一般の本音なのでしょう。その気持ちもわかります。でも、そもそも介護職に限らずどんな仕事でも、大変な面とやりがいの両方があるものじゃないでしょうか。

私もそうですが、介護の仕事を楽しんでいる人は、つらいこと、大変なことを笑いに変えて、うまくスルーできるスキルを習得しているのかもしれません。

たとえば、毎朝、断固としてパジャマから服に着替えてくれないおばあさんがいました。どうしたものかと頭をひねった私は、ある日はかわいい孫キャラを演じてみたり、ある日はその方が好きな時代劇ふうキャラを試してみたり。「秘密なんですけどね。――今日の朝ごはん、ハムエッグらしいですよ」と、内緒話ふうに誘ってみたこともあります。いろいろ工夫したものの、なかなかうまくいきませんでした。

ところがある日、いったい何がよかったのかわかりませんが、すんなり着替えてくれたのです。「やったぁ」とガッツポーズしたい気分でした。誤解を恐れずにいえば、「ミッションクリア！」みたいな感覚です。ひとつ課題がクリアできると純粋に嬉しいし、やりがいにもなります。

ほかにも、お相撲ファンの認知症の方から「今場所はどうなの？」と言われたときは、「いやぁ、今場所はちょっと休場中なんです」と話にノッてみたりもします。こうしたやりとりがけっこう、楽しいんですよ。

ところが夜中にその方のおむつ交換に行ったところ、急に目を覚まして「バ、バケモンだ～！」と大声を出されてしまったことがありました。こんなことを言われたら、なかには傷つく人もいるかもしれません。

ただ、考えてみたら、夜中にいきなり電気が点いて、びっくりして目を覚ましたとたん、私みたいなでかい女がそばに立っていたら、そりゃあ怖いですよね。だから私は、「はい。どうもすみません。バケモンなんですけどぉ、最近おむつ交換を覚えたので、ちょっとやらせていただいてもいいですか」とお願いしました（笑）。

最近、介護芸人3人でのトークライブがあったのですが、全員が一致した意見として「仕事だからできる。家族だったら、いろいろな感情があるから無理」。

もちろん、ご家族の手でじょうずに自宅介護をしている方も大勢いらっしゃいます。でも、なかには精神的に追い詰められる人もいるし、負担の大きさから介護を受ける人に優しくできなくなってしまい、そんな自分を責めてしまう、という声も聞きます。私たち介護職の人間は、他人としての距離感があるし、仕事だからできるという面があるのは確かなのです。

かといって、決して機械的に接しているわけじゃないですよ。利用者のみなさんはそれぞれ人生の背景も性格も違うし、ひとりとして同じ人はいません。なんとかその人のパーソナリティに寄り添い、介護職としてのスキルと想像力を働かせ、人間対人間として接していきたい。そう考えている人が多いはずです。

いっぽうで、認知症の人や言葉をうまく発することができない人に対して、「この人はもう何もわからない人」と思い込んでいる介護士の人がいることも否定はできません。

本書の中に「今日もいっぱいウンコしたなあ」と利用者さんをからかう介護士の先輩が登場しますが、実際に私も現場でこういう人に会ったことがあります。「またこんなに出て」「漏らしちゃってるじゃない」なんて気軽に言っている人は実在するんですよね。そういう人にこそこの本を読んで、介護を受けている側の人にも羞恥心はあるし、何も感じていないわけじゃないんだということに気付いてほしいです。

第四話では、ある利用者さんがいよいよターミナル・ケア（看取り）に入るというとき、うなぎが食べたいと言います。浜松出身なんですね。連絡を受けた長男家族がうなぎを持って施設に来ると、利用者さんがそれを食べたので、やっと固形物を食べたとみんな喜びます。

でも長男一家が帰ったあとに、ひとこと「あれは中国産よ」。ほとんど面会にも来ない家族が、どうせわからないだろうと安いうなぎを持ってくる。そのときに利用者さんが感じた寂しさが、映像のように鮮明に浮かび上がってきました。

そうなんです、この小説は、読んでいるうちに頭に映像が浮かぶんです。それも丸山正樹さんはすごいなぁと感じた点です。だからぜひドラマ化してほしい！　康介君と風俗店に勤めているこのみちゃんとの、ちょっぴり切ない関係にもぐっときますし、そうしたサイドストーリーもとっても魅力的です。

ドラマ化された暁には、利用者さんの車椅子を押す介護職員の役で、ぜひ使ってくださ い。ただし台詞を言うのは自信がないので、台詞がない役がいいです。あっ、原作にはありませんが、夜中に「バケモノだ〜」と言われて「はい、バケモノなんですけどぉ」くらいの台詞なら、言えるかもしれません（笑）。

——芸人・介護福祉士

（構成／篠藤ゆり）

この作品は二〇二二年五月小社より刊行されたものです。
日本音楽著作権協会（出）許諾第２４０３１０１-４０１号

# 幻冬舎文庫

●好評既刊
## さよならごはんを明日も君と
汐見夏衛

心も身体も限界寸前のお客様が辿り着く夜食専門店。悩みを打ち明けられた店主の朝日さんは、その人だけの特別なお夜食を完成させる。忘れられない優しさと美味しさを込めた成長物語。

●好評既刊
## 帆立の詫び状
おっとっと編
新川帆立

三年で十冊の本を刊行してきた著者は、ある日突然頑張れなくなった。文芸業界、執筆スタイル、己の脳に至るまで様々な分析を試み辿り着いた現在地とは。笑えて泣ける、疲れた現代人必読の書。

●好評既刊
## ダチョウはアホだが役に立つ
塚本康浩

家族が入れ替わっても気づかないアホさだが、卵にある抗体は感染症予防やがん治療、メタンガス削減に役立つ。ダチョウの面白すぎる生態から抗体の最新研究までわかる、爆笑科学エッセイ!

●好評既刊
## オフ・ブロードウェイ奮闘記
中谷美紀

舞台『猟銃』で一人三役を演じる為に、通訳もつけずに単身ニューヨークに乗り込んだ。伝説のダンサー・バリシニコフとの共演に心躍るが……。泣いて怒って笑った59日間の愚痴日記!

●好評既刊
## J 寂聴最後の恋
延江　浩

二人が出会った時、Jは八十五歳。有名作家であり尼僧。人生最後の恋の相手は、母袋晃平、IT企業を経営する三十七歳。〈老いの自由〉を描く痛切な純愛小説。

## 幻冬舎文庫

●好評既刊

### 白鳥とコウモリ（上）（下）

東野圭吾

遺体で発見された、善良な弁護士。男が殺害を自供し、すべては解決したはずだった。「あなたのお父さんは嘘をついていると思います」。被害者の娘と加害者の息子が、〝父の真実〟を追う長篇ミステリ。

●好評既刊

### みんなのヒーロー

藤崎　翔

特撮ヒーロー作品でかつて主役を演じるも、すっかり落ちぶれた俳優・堂城。ある晩ひき逃げ事故を起こした彼の前に現れたのは、警察ではなく彼の熱狂的ファンだった。サスペンスミステリー！

●好評既刊

### 終わりの歌が聴こえる

本城雅人

人気絶頂のさなかで逝った天才ギタリストの「伝説の死」。十九年ぶりに、その死の真相を二人の刑事が再捜査することとなった。事故死か殺人か――狂騒の旋律に掻き消された慟哭の真実とは？

●好評既刊

### ムスコ物語

ヤマザキマリ

世界中で自由に生きる規格外な母の息子、デルスは〝世界転校〟を繰り返し、子供心は縦横無尽にかき乱され――。「地球の子供として生きてほしい」。母から息子へ。願い溢れる人間讃歌エッセイ。

●好評既刊

### 吉祥寺ドリーミン　てくてく散歩・おずおずコロナ

山田詠美

日々生まれては消える喜怒哀楽、コロナ禍下の人間模様など、気付かないうちに時代に流され忘れてしまう大切なものたちを拾い集めたエッセイ集。雑誌連載「4 Unique Girls」を追加した増量版！

ウェルカム・ホーム！

丸山正樹

令和6年7月15日　初版発行

発行人——石原正康
編集人——高部真人
発行所——株式会社幻冬舎
〒151-0051東京都渋谷区千駄ヶ谷4-9-7
電話　03(5411)6222(営業)
　　　03(5411)6211(編集)
公式HP　https://www.gentosha.co.jp/
印刷・製本—錦明印刷株式会社
装丁者——高橋雅之

幻冬舎文庫

ISBN978-4-344-43399-1　C0193　ま-38-1

この本に関するご意見・ご感想は、下記アンケートフォームからお寄せください。
https://www.gentosha.co.jp/e/